ベリーズ文庫

双子ママですが、別れたはずの御曹司に深愛で娶られました

宇佐木

STARTS
スターツ出版株式会社

目次

双子ママですが、別れたはずの御曹司に深愛で娶られました

双子ママですが、別れたはずの御曹司に
深愛で娶られました

1．動き出す時間

「お待たせいたしました。アイスカフェラテです」

「ありがとうございます」

人気カフェチェーン店でオーダーしたドリンクを受け取ると、通りを望めるカウンター席に着いた。

パンプスで一日中歩き回ってくたくたで、喉はカラカラ。冷たいカフェラテを口に含み、ごくりと飲み込むと思わず息が漏れる。

「……美味しい」

周りに聞こえないくらいの声でぽつりと呟《つぶや》き、肩につくかつかないかの長さの髪をかき上げた。

毎日忙しく、もう数カ月美容室に行けていない。そんなことをぼんやり考えつつ、カフェラテを見つめた。

カフェに入るといつも昔を思い出す。

私、古関春奈《こせきはるな》は大学時代に東京《とうきょう》のカフェでアルバイトをしていた。大学進学と同時にひとり暮らしをスタートさせ、新たな生活に慣れた頃に始めたアルバイトだった。当時、〝カフェ〟という響きがオシャレに聞こえ、そこで働けるというだけでなんだかうれしくなったものだ。

その後、カフェに関連する業種を選び、コーヒーやコーヒーマシンを取り扱う会社に就職した。それが現在、地元の横浜《よこはま》に戻り生命保険の営業社員として働いているのだから、あの頃とはだいぶ環境が変わった。

懐かしい思い出に浸り、ストローを咥えてもうひと口カフェラテを飲む。ガラスの向こう側では、忙しそうに通話をしながら歩いていく人や、友達と楽しそうに笑い合っている人が途切れず行き交っている。

そのままぼんやり通行人を目に映していると、スタイルのいいスーツ姿の男性と視線が合った。

瞬間、心臓が大きく脈打つ。

――嘘。

彼もまた同様に時が止まったように固まっていた。

先に動いたのは向こうで、彼はさっきまでの進行方向からこのカフェへ急転換する。

私は咄嗟《とっさ》に席を立ち、飲みかけのカフェラテと荷物を抱えてすぐさま移動した。

お客さんで賑《にぎ》わう店内を小走りで通過し、正面入り口ではなく裏手にある店の出入口から外に出た。その後、走って近くのビルに入り、化粧室の看板を見つけて一目散に逃げ込んだ。

先客に怪しまれないよう平静を装い、パウダールームのスペースへ移動する。鏡の中の自分と向き合い、深呼吸をした。

落ち着いて。もしかしたら、さっきの人は私の知る〝彼〟じゃなく見間違いだったかもしれない。あの人がカフェへ方向転換した気がしたのも、勝手な思い込みでそう見えただけ、とか。

何度も胸の中で言い聞かせて、ゆっくり瞼《まぶた》を下ろす。直後、スマートフォンが振動し、我に返った。

「えっ」

着信画面を見て、慌てて応答する。

「はい、古関です」

『つきばな保育園の西宮《にしみや》です。お母さん、今お電話大丈夫ですか？』

いつもお世話になっている保育園からの急な電話の理由を頭の中で考える。

大体イレギュラーな連絡が来る時は、体調不良が多い。

「はい。あの、穂貴《ほだか》と詩穂《しほ》になにかありましたか？」

『そうなんです。実は穂貴ちゃん、ちょっとお熱が……。ぐったりしているわけではないんですけど。お迎え、早めに来られそうですか？』

「わかりました。早めに行くようにします。すみませんが、それまでよろしくお願いします」

『お気をつけて。お迎えお待ちしています』

保育園との通話を終えた後、すぐに会社に電話をする。上司に今日の業務報告とさっきの事情を説明し、そのまま帰らせてもらえることになった。

そうして私は急いで化粧室を出て、走って駅へ向かった。


約一時間後に到着したのは、自宅の最寄り駅からほど近い保育園。

インターホンを鳴らして玄関を開けてもらい中に入ると、穂貴を抱っこした先生が出迎えてくれた。

「穂貴ちゃんのお母さん、おかえりなさい」

「お待たせしてすみません。ありがとうございました」

「ほら。穂貴ちゃん、お母さんだよ～。じゃあ私、詩穂ちゃんの様子見てきますね」

穂貴が私に手を伸ばして抱っこをせがむ。穂貴を抱っこすると、西宮先生は会釈して一度席をはずした。

穂貴は私の息子で、一歳四カ月になるところ。ちなみに詩穂も私の娘で、ふたりは双生児だ。わけあってシングルマザーになり、両親と一歳年下の弟、海斗《かいと》の協力を得て慎ましく生活している。

ちなみに海斗は大手銀行に勤務しており、就職をきっかけに東京でひとり暮らしをしていた。だが、昨年からは横浜支店に配属され、実家に戻ってきた。

両親も仕事をしていて、それぞれ毎日忙しい。そんな中でも全員が連携し、穂貴と詩穂の面倒を手伝ってくれるから、とても助けられている。

穂貴は世間一般で時々耳にする『男の子は小さいうちは体調を崩しやすい』という例が当てはまる体質のようで、しょっちゅう発熱しては園から連絡が来る。しかし、その事実を悲観したり穂貴を責めたりする気持ちは一切ない。

そうやってある程度気持ちに余裕を持って対応できているのは、産前産後に助産師さんをはじめ、通院先で隣同士の席になった先輩ママなどから色々と話を聞いていたおかげ。それらの情報をもとに、なるべく時間の都合がつきやすい職種を選び就職したのだ。

パートタイムのほうが、もっと柔軟に子どもの変化に対応できる。けれども、自分の置かれた状況を考えれば、ふたりの子育てをしていくためにはお金も必要だと考えて正社員を希望した。もちろん、それも家族の理解と協力があって成り立ったことで、両親と弟には感謝してもしきれない。

「穂貴。お熱があるんだって？　おうちに帰って休もうね。大丈夫だからね」

穂貴は無言でこくりと頷《うなず》くだけ。

私はぴったりとくっついている穂貴の背中を優しくトントンと叩き、腰に装着していた抱っこ紐《ひも》を穂貴の背中に回して肩ベルトのバックルをはめた。

そこに、奥から西宮先生が詩穂と手を繋いで戻って来る。

「お待たせしました。これ、ふたり分のお荷物です」

荷物を受け取りお礼を言うと、先生が「あ」となにか思い出した様子で声をあげた。

「そうだ、お母さん。個人面談の希望のプリント、今日まででしたが持って来られました？」

「あ！　そうでしたね。ちょっと待ってください」

提出予定のプリントは今朝バッグに入れてきたはず。

バッグのサイドポケットを片手で探る。しかし、なぜかあるはずのものがなくて焦りを滲ませた。

「あれ？　たしか今朝ここに……。もしかして家に忘れてきたのかも……すみません」

「ああ、大丈夫ですよ。明日持ってきていただけたら、それで」

「本当に申し訳ないです。明日、忘れずに提出しますので」

「はい。まずは穂貴ちゃん、お大事にしてくださいね」

「ありがとうございます」

深々と頭を下げたのち、詩穂の靴を履かせる。

「詩穂、先生にバイバイだよ」

「ばいばい」

それから玄関を出て、園に預けていたベビーカーに詩穂を乗せ、家路につく。

「じいじとばあばが待ってるね。早く帰ろ」

「はーい」

私の声かけに元気に反応をくれたのは詩穂。穂貴はというと、うとうとしていた。

詩穂の高く明るい声と穂貴の重みと温もりに、仕事の疲れも吹き飛ぶ。

その後、家まで詩穂と童謡を歌って帰った。

翌日。

穂貴の体温は平熱に下がっていたけれど、念のため保育園は休ませた。今日はたまたまシフトが休みだった母が、穂貴を見てくれることとなったのだ。

そして午後六時前。

一日の仕事を終え電車に乗っていた私は、スマートフォンで約四カ月前に撮った穂貴と詩穂の一歳の誕生日のツーショット写真を眺めていた。

ふたりは年齢別の成長曲線からほんの少し下回る体型で、どちらかというと小柄だ。穂貴は気が優しく、詩穂ははきはきしていて活発さがある。双子とはいえ、やっぱりそれぞれ個性があるのだと、成長とともに実感している。

性格は対極だが、容姿は似ている部分が多い。

穂貴も詩穂も色白で髪質は柔らかく薄茶色。鼻や口などのパーツもそっくり。

愛らしいふたりの画像を見ているうちに目的駅に到着した。保育園にたどり着くと、部屋まで詩穂を迎えに行く。

「あ、お母さん。おかえりなさい」

「今日もありがとうございました。すみません、先生。実は昨日お話ししていたプリントが見当たらなくて……。希望日を別の用紙に記入してきたんですが」

昨晩ふたりを寝かしつけた後、隅々まで探したものの、個人面談のプリントは見つからなかった。

謝罪をしながらメモ用紙を差し出すと、先生は笑顔で受け取ってくれた。

「そうだったんですね。大丈夫ですよ。じゃあ、メモをいただきますね」

「本当にすみません。以後気をつけます」

それから園舎を出て、いつものように詩穂をベビーカーに乗せ、家へ足を向けた。

次の瞬間、あまりの驚きに思わずその場でひっくり返ってしまいそうになった。

進行方向の数メートル先にスーツ姿の男性が立っていて、こちらを見ている。

――デジャヴだ。昨日もカフェで彼らしき人を見かけたばかり。ううん。きっと私の見間違いで、他人の空似に違いない。

そう心の中で何度も繰り返すもいてもたってもいられなくて、気づけば方向転換をして逃げ出していた。

第六感が告げている。人違いなんかではなく、彼は正真正銘〝楢崎雄吾《ならさきゆうご》〟さんだと。

「春奈」

足を動かした矢先、落ち着いた低い声で名前を呼ばれ、たちまち動けなくなる。

迷った挙句、なにを血迷ったか彼のほうを振り返ってしまった。

彼の双眸《そうぼう》は記憶と違わず凛々《りり》しく、瞳の奥はどこか柔らかい。ゆっくりとこちらに歩みを進める優雅さも二年前と変わらない。

彼はいつでも穏やかで優しかった。

しかし、ふとそんな彼の視線が怖く感じてしまって咄嗟に顔を背けた。たぶん自分の中に残るわだかまりや罪悪感がそうさせているのだ、と頭では理解していた。

そうかといって、気持ちを切り替えて彼と真正面から向き合う勇気を持てない。震える手でベビーカーのハンドルを握るのが精いっぱい。

視界の隅に、見覚えのある藁半紙《わらばんし》のプリントが見えて思わず顔を上げた。

それは昨夜からずっと探していた、保育園の個人面談についてのプリントだった。

「昨日、カフェの前で目が合って逃げただろう？　君を追いかけた先でこれを拾った」

どうにか手を動かし、プリントを受け取る。

雄吾さんはこれを見て、保育園までやってきたんだ。

おずおずと手元から視線を上げる。彼の顔を見た瞬間、再び名前を口にされた。

「春奈……僕はあれから君をずっと忘れられなかった」

長い睫毛《まつげ》を伏せ、少し物憂げに言われて胸が締めつけられる。

喉の奥に言葉が詰まっているのはわかるけれど、声を出すことができない。ひとことでもこぼしてしまえば、ずっと抑え込んでいた感情が暴発してしまう。

だんまりを続けていると、彼は目線を詩穂に向けた。

なにか言いたげな雰囲気が伝わってくる。

すでに保育園のプリントを見ただろうから、私の子だということは理解しているはず。それをどう尋ねるべきか考えあぐねているのだろう。

私も決死の思いで動揺を押し隠し、つとめて冷静に口を動かした。

「私、あの後すぐ地元の知り合いと結婚したんです」

気まずい空気が私たちの間を流れていく。

早くなにかしら反応してほしいと思う反面、そのまま黙っていてほしいとも思っている矛盾した感情で、もうどうにかなりそう。

「ママ？　しゅっぱーつ、しないの？」

重い沈黙を破ったのは詩穂だった。

「え？　あ、うん。するよ。動くからきちんと座っててね」

止まっていた時間が動き出したように詩穂を覗き込み、なんとか笑顔で答える。地に張りついていた足を踏み出し、小さく頭を下げた。

「……さようなら」

雄吾さんに背を向け、一刻も早く離れるために歩き続ける。その間、いろんな感情が込み上げてきてグッと唇を引き結んだ。ベビーカーに乗っている詩穂の姿を見下ろしながら、ハンドルを握る手に自然と力が入る。

まだ大きな鼓動が鳴り止まない。むしろ、どんどんひどくなっている気さえする。

その理由は懐かしい彼と急な再会を果たしたせいだけではない。息をするように自然と彼を欺いた罪悪感と、彼に真実を告げずにいていいのかという迷いとで動揺しているのだ。

本当は地元の知り合いと結婚なんかしていない。私は未婚のまま詩穂と穂貴を産んだ。そして、この子たちの父親こそが……雄吾さんだった。

一瞬、詩穂や穂貴に父親の存在を伏せ続けるのは正しい選択なのかと揺らいだ。しかし、事実はそうでもこの先私たちが家族として暮らす可能性はない。ならば、私ひとりで抱えて生きていけばいい話。結果的にそれが、みんなを悩ませたり傷つけたりしなくて済むだろう。

だから、絶対に知られてはならない――。

無邪気に歌う詩穂を視界の隅に入れ、今一度心に強く誓う。

真実を伝えず、悟られずに生きていく。

そう決意し、角を曲がるまで一度も振り向きはしなかった。

けれども、彼のまっすぐな目が頭から離れず、ずっと落ち着かなかった。


「ただいま」

普段よりも遠く感じた帰り道だった。ようやく家に着いて幾分かほっとしたものの、完全に気分が晴れることはない。

詩穂の靴を脱がせ、立ち上がった時に海斗が玄関にやってきた。

「どうした？　顔色が悪いぞ」

海斗は詩穂を抱きかかえ、私の顔をまじまじと見て言った。

「え？　な、なんだろう……疲れかな？」

本当は心当たりがあったけれど、まさか『昔付き合っていた人と遭遇して、その彼が詩穂と穂貴の父親なの』だなんて説明できない。

「あんまり無理するなよ。ハルが倒れちゃ、穂貴も詩穂も心配する」

海斗は、姉である私を『ハル』と呼ぶ。

年齢がひとつしか違わないから、ほぼ同級生のような関係だ。それこそ詩穂と穂貴みたいな感じかもしれない。

「うん。そうだね。気をつける。いつもありがとね」

『いつも通りに』と心の中で呟いて、海斗の背中をポンと叩いた。

詩穂は海斗が連れて行ってくれたから、私はひとり部屋に入って着替えをする。クローゼットを閉めて、手元をジッと見つめた。

そうだよね。私がしっかり立っていなきゃいけないのに、これしきのことでぐらついていたらだめだ。

これまで雄吾さんと再会したらどうしようかと考えなかったわけではないし、想像の中では毅然《きぜん》と彼を拒絶していた。

もしかすると、もう会わないかもしれない。だけど、また会うかもしれない。どちらにしても、狼狽《うろた》えずに淡々と話をして距離を置く。

私は再度自分の気持ちを確認し、みんなのいるリビングへ戻った。


翌日の朝、身だしなみを整えながら鏡を見つめて自分に『なにかあっても冷静に』と念を押した。

今朝はすっかり穂貴も通常運転で、元気そのもの。

一日ぶりにふたり揃って登園させ、その足で駅へ向かう。駅まであと数十メートルというところで足を止めてしまった。

これだけ多くの通行人がいても、彼だけに目が留まる。長身でモデル並みのスタイルだから、彼に気づいたのだろうか。いや、そうじゃない。

見た目だけじゃなく、彼の佇《たたず》まい、私に向ける視線、名前を呼ぶその声……彼のすべてに五感が反応して意識を全部持っていかれる。

一瞬で心を奪う人――。

視線がぶつかると、彼はふわりと笑った。そして、颯爽《さっそう》とこちらへ歩み寄る。

「おはよう、春奈」

「おはよう……ございます」

初めて出会った時も、今のようにスーツ姿がとても似合っていて素敵だと思った。

月日が経っても、まだそういう感覚になるのはなぜなの。

「これから仕事だとしたら、保育園から近いこの駅を利用するんじゃないかと思って待ってた」

こんなふうに待ち伏せされても、心から嫌いにはなれない。それどころか、意に反してドキドキしてさえいる。

自分の不安定な気持ちを引きしめ直し、口を開く。

「こういうのは困ります」

「用件があるんだ。聞いてほしい」

雄吾さんはそう言って、綺麗に磨かれた革靴をさらにこちらに近づけた。そして、私の目の前に手のひらサイズの箱を差し出す。

「これを春奈に受け取ってほしい」

「これ……」

「もう一度、二年前からやり直したい」

手を伸ばして箱の中身を確認しなくてもわかる。

角が少し丸みを帯びた高級感のあるスウェード素材のケース。物語などで大体プロポーズの際に渡すものだ。

困惑しながら彼を見て、小さく首を横に振った。

「どうして。私はもう」

「自分でもどうかと思う。でも二年ぶりに春奈を見かけた瞬間、体裁とか恥とか気にしていられなくなった」

ストレートな言葉に絶句し、瞬《まばた》きも忘れて固まった。

彼は私が驚いているとわかっているはず。しかし、畳みかけるように言葉を紡いでいく。

「別れを告げた君を追いかけたい気持ちと、君の気持ちを尊重するのが一番だという思いとで悩んだ。結局その迷いのせいで、君は僕の前からいなくなってしまった」

苦渋の色が滲む表情を見れば、彼が本当に思い悩んでいたのだと伝わってくる。

そうかといって、今さら……。

瞳を揺らしていると、雄吾さんは必死に弁解する。

「誤解しないで。横浜《ここ》で再会したのは本当に偶然なんだ。仕事で訪れただけ。そのときカフェで春奈を見かけた。この期に及んで一瞬、君を追いかけるか迷ったよ。だけど、二年前の後悔を思い出して、すぐ駆け出していた」

雄吾さんが嘘をつくとは思わない。ただ、私たちは元々の出会いもたまたまだった。同じ人とこれだけ同じような〝偶然〟を繰り返すなんて、ありえるの？

頭がぐらぐらする。これは夢なのではないか……。目を瞑《つむ》って現実逃避したくなる。

頭の中だけでなく、本当に私は倒れかけたらしい。ふらついた身体を彼が支えてくれた。触れられた途端、その箇所が熱くなりまるで脈打つ錯覚に陥る。

至近距離で彼を見上げると、整った顔が僅かに歪《ゆが》んでいた。私の腕を掴《つか》む手にゆっくり力を込めたのがわかる。

「君が他の誰かと幸せに暮らしているなら、もう為す術はない。僕は黙って身を引く一択──なんだけれど」

言いにくそうに呟いたかと思ったら、ふいに怜悧《れいり》な目で私を捕らえる。

彼の精悍《せいかん》な顔つきに心臓が大きく脈を打った。

「昨日、違和感を覚えた。君が結婚指輪をしていないこと。だけどそれは、いろんな事情からしていない可能性があるって考えた。……でも、プリント上部には【古関さん】と旧姓が書かれていたし、女の子の持ち物も【古関詩穂】と書いてあった」

「……っ‼」

雄吾さんの鋭い指摘に、今度は心臓が止まったかと思った。

「目敏《めざと》いを通り越して気味悪がられるなって考えたよ。それでも、あの日行動できなかった後悔を引きずってきた僕は、もう同じ間違いは繰り返さないと誓った」

開き直っている雄吾さんは、覚悟を決めたとでも言わんばかりの至極真剣な眼差しを向け続ける。

彼の情熱的なまなじりに、とっくに私は冷静さなど手離して混乱していた。

「縁談はどうしたんですか？」

「え？」

無意識に口からついて出たことに気づき、慌てて顔を背ける。

これ以上、彼と向き合っていたら押し込めていたものが出てきてしまう。今さら追及したいわけじゃない。

「いえ、なんでもありません。すみません、時間がないので。失礼します」

理性で感情を抑え込み、雄吾さんを横切ってその場を立ち去った。

ヒールの音を響かせながら、小走りで駅へ急ぐ。バッグの肩紐を両手でぎゅうっと握りしめて、どうにか気持ちを保っていた。

あの顔と声を前にすると、容易《たやす》く揺らぐ自分が怖い。

私のほうこそまだ引きずっているっていうの？　だってもう、あの時の自分とは違う。穂貴や詩穂がいる。母親になったのに。

改札にＩＣカードをかざし、ホームへ移動する。電車を待ちながら呼吸を整えていると、ふとさっき雄吾さんが差し出してきた小箱が頭に浮かんだ。

ああいうものは、昨日の今日で準備できるものではないと思う。だとしたらあれは……まさか二年前に？

そこまで考えて、首を横に振った。

都合のいい解釈はしない。深く考えない。

もしそうだとしても、なにかが変わるわけじゃないでしょう？
あの人は大手企業の御曹司で、私はただの会社員。
彼に釣り合うものなど、私にはなにもないのだから。

2. 過ぎ去りし時間 ①

私が新卒で就職したのは、コーヒーやコーヒーマシンなど取り扱う輸入販売会社だった。

入社して四年目に入った頃にはひとりで担当を任されていて、ますます気合いが入る日々で私生活よりも仕事を優先していた。

そんな四月のある日。外回りを終えた後にカフェに立ち寄った。

ホットのカフェラテをオーダーし、空いているカウンター席へ移動する。ずっと歩きっぱなしだったため、椅子に座ると足も気持ちも休まった。

ひと口飲み物を含んだところで、近くの席からスマートフォンのバイブレーションが聞こえてきた。何気なく隣を見ると、一席空けた隣にスーツ姿の男性が着席しており、小声で電話に出ていた。

彼も営業担当なのかな、などと勝手に親近感を持って再びカフェラテを口に運ぶ。

カップをテーブルに戻すや否や、足元にどこからかボールペンが転がってきた。

どうやらさっき見ていた彼が、通話しながらメモを取る際にうっかりボールペンを落としたようだ。

　私はすぐに拾って男性へボールペンを手渡した。彼はふわりと微笑んで会釈をし、受け取った。爽やかな笑顔もだけれど、彼の美形な顔立ちに無意識に見入っていた。さっきちらっと見た時にも、綺麗な横顔だなとは感じた。それが、にっこりとした笑顔を向けられ、どこかの俳優さんと対面したくらいの衝撃を受けた。

　こんなにカッコいい人なら、社内でもモテモテだろうなあ。

　そんな下世話なことまで勝手に想像していた矢先、彼の動きに違和感を抱いた。さっき渡したボールペンが書けなくなっているらしい。手帳に何度もぐるぐると試し書きを繰り返している。

　メモを取りたいのに急にインクが出ないって、相当焦るし困ると思う。取引先との電話中だとしたなら特に。

　差し出がましいのは承知で、私は自分の胸元に差していたボールペンを彼の手帳の上に置いた。

「よかったらどうぞ」

　小さな声でそう言って、笑顔を作る。彼は目を丸くしてこちらを見たのち、目尻を下げてボールペンを持ち換えた。それから、ものすごいスピードでメモを取り始める。

きっと通話での内容を頭の中に留めていたのだろう。

役に立てたようでよかったと満足していたら、今度は自分のスマートフォンが振動した。発信主を確認すると、会社からだ。

慌ててペーパーナプキンに予備のペンを走らせて、男性の横にそっと置く。

そして飲みかけのドリンクを片手に、バタバタとカフェをあとにした。

数日後。仕事が終わった後、あのカフェを訪れた。

「ホットココアをひとつ。それと、すみません。数日前にボールペンの落とし物はありませんでしたか？　紺色の軸の……ネーム入りなのですが」

「少々お待ちくださいませ」

スタッフは一度レジカウンターを離れ、数分後に奥から戻って来る。「こちらでしょうか？」と差し出されたボールペンは、紛れもなく彼に貸したボールペンだった。

「そうです。ありがとうございます」

私はそれを受け取り、定位置の胸ポケットにしまった。

男性にボールペンを貸したあの日、ペーパーナプキンに【カフェのスタッフさんに預けておいてください】と書いていたのだ。

無事にボールペンが戻ってきた後、ホットココアを手にカウンター席に座る。すると、ポンと肩に手を置かれた。

「よかった。また会えて」

「あっ」

振り返るとそこに立っていたのは、ボールペンを貸した男性だった。

まさか会えると思っていなくて驚いていると、彼は少し息が上がったまま言う。

「あの時はありがとうございます。本当は直接お返ししたかったんですが……。無事にボールペンは受け取れましたか？」

「はい。さっきスタッフの方から受け取りました」

彼は「そうですか。よかった」と顔を綻ばせる。

もしかして息が上がっているのって、私がここにいるのを見かけて急いで店内に入って来たんじゃ……。だって彼、まだなにもオーダーしてないみたい。

彼の手にドリンクがないことを確認していると、質問される。

「あの、今お時間ありますか？」

「え？　ええ。仕事はもう終わってますし、今席に着いたばかりですので」

私が答えると、彼ははにかんだ。

「よかった。でしたら、僕も今飲み物を買ってくるのでご一緒させていただいてもいいですか？」

「は、はい。構いませんけれど」

一度会釈してからレジカウンターへ向かう彼の後ろ姿を見て、ドキドキしている自分に気がつく。

なに、今の表情……。この間はキリッとした仕事中の凛々しい顔と、爽やかな笑顔を見た。だけどさっきのはにかんだ顔は、なんていうか……かわいかった。

無邪気に喜ぶ彼を思い出しては、頬が熱くなる。

落ち着け、落ち着けと胸の内で繰り返し、ホットココアを口にする。数分後、彼が戻ってきて隣の席にドリンクカップを置いた。

「お待たせしました。どちらがいいですか？」

「え？」

彼を見上げると、個包装のバウムクーヘンとクッキーを持っている。驚いて目を瞬かせると、彼はふわりと笑った。

「甘いものが好きかわからなかったのですが、もしよければ。ボールペンのお礼です」

さっきほんの少し落ち着いたはずの心臓が、瞬く間に高鳴りだす。

違う。これは……〝そういうの〟じゃない。秀でた容姿の男性からこんな気遣いをされることに慣れていないから緊張しているだけ。絶対、思い違いなんかしない。

「じゃあ……こっちを」

つとめて冷静に振る舞い、バウムクーヘンを指さした。

「はい。どうぞ」

こちらの心境など知る由もない彼は、柔らかく目を細めてバウムクーヘンを差し出してきた。私は両手で受け取り、「すみません」と軽く頭を下げる。

彼は隣の椅子に座ってすぐ、深々とお辞儀をした。

「改めまして、先日はありがとうございました。助かりました」

「いえ、本当たいしたことではないので。こちらこそ貸し逃げしてすみません。急遽出なければならなくなって」

「ちなみにどんなお仕事されてるんですか？　営業のお仕事とか？」

「はい。そちらも？」

「ええ。僕も似たような感じです」

当たり障りのない会話を重ねていたら、ふいに彼がこちらを観察するようにまじまじと見てくる。あまりに綺麗な顔立ちの人に近い距離から見つめられ、平凡な自分がとても恥ずかしく思えて視線を逸らしてしまった。

今のはあからさますぎたかもしれないと気まずい気持ちになっていたら、彼が自分を指さして言った。

「僕のこと、覚えていませんか？」

「え？」

唐突に不躾《ぶしつけ》な質問をされて訝《いぶか》しく思い、眉間に皺《しわ》を寄せた。

学生時代にこういうことを言ってナンパしてきた男がいた。でもどうやら彼はそういう目的ではなさそう……？　真剣な面持ちでこっちの反応を待っている。

とはいえ、『覚えていませんか』というざっくりした問いかけでは、あまりにヒントがなさすぎる。

さらに眉根を寄せて首を傾げると、彼は苦笑交じりにこぼした。

「だいぶ前のことだし、君にとっては客のひとりだったから覚えてなんかないか」

客のひとり？　だいぶ前……。

彼が発言したワードを拾い、記憶を手繰り寄せる。

すると、彼は突然、後ろに流していた前髪をくしゃっと下ろした。前髪があるスタイルだと、さっきまでと比べ若めに見える。同時に、なんとなく見覚えがあるような気がしてきた。

顎に手を添え、「うーん」と唸《うな》り声を漏らし、ようやくピンとくる。

「あ！ もしかして私がカフェでバイトしていた時にいらしてました？」

〝だいぶ前のお客さん〟のひとりだと言うなら、それしかない。就職するまでは、ずっとカフェで働いていたから。

私の答えに彼は、ぱあっと花が咲いたような笑顔を見せる。

「そうです。この間会った時にどこかで見たことがある気がすると思っていたんですが、あのカフェでアルバイトをしていた方だと思い出しまして」

「ご、ごめんなさい。私、覚えてなくて」

あまりにうれしそうに話すものだから、罪悪感に駆られて小さい声で謝罪した。

カフェのアルバイトは覚える仕事がたくさんあって、一年くらいはずっと必死だったから。けれど、今それを口にするのは言い訳がましいかな。

心の中で悶々《もんもん》とした気持ちを抱えていたら、彼のほうからフォローされる。

「いえ。お客さんはたくさんいらっしゃっていたでしょうから」

「よく私なんかのことを覚えていてくださいましたね。驚きました」

わりと大きめのカフェだったから、スタッフもピーク時なら十人はいた。その中で大学生アルバイトの私は特段目立つわけでもなかったし、そう考えていてくれていることが不思議だった。

彼はドリンクカップを手に取って、窓ガラスの向こうを見つめながら言う。

「同じようなことがあったから記憶に残っていたんです」

「同じ？」

「はい。あの日も君はペンを拾ってくれて。こうしてカウンター席に座っていた僕の元に、新商品のお菓子を配りに来てくれた時のことなんですが」

そういうことがあったような、なかったような……。

「それからは、いつも一生懸命ドリンクを用意して楽しそうに接客している君を見て、自分も頑張ろうって密かに元気をもらっていたんです」

「ありがとうございます。そんなふうに思っていただいて光栄です」

数年前の自分が誰かに元気を与えていたとは思いもしない。

アルバイトのきっかけはカフェの雰囲気やオシャレさだったが、接客業のやりがいも感じていた。だからこそ、私の接客が彼の気持ちにいい方向で影響を与えていたのならうれしい。

「だけど、自分が信じられません。あなたみたいな一度見たら忘れられないほどカッコいい方を覚えていないだなんて」

改めて隣に座る彼を見る。やっぱり一瞬で目を奪われるほどの美貌の持ち主だ。

これだけの顔立ちなら、数年前でも強く印象に残りそうなもの。仮に体型が大きく変わったとかいう話だったとしても、どこかしら面影は残っていそうなのに。

私のぼやきに彼は「ふふっ」と笑いをこぼす。

「ペンの受け渡し以外になにか会話したわけでもないですから。それに僕、当時仕事に追われていて。多分、普段から顔を上げる余裕もなかったと思うので」

握った右手で口元を隠すようにして笑う彼の優しい眼差しに釘付《くぎづ》けになった。なんなら、頬が赤くなっているかもしれない。

ホットココアを飲むくらいしかごまかす方法がなくて、頻《しき》りにカップを口に運んだ。

「あの――」

彼がなにか言いかけたタイミングで、後ろを通ろうとした他のお客さんに軽くぶつかられた。互いに「すみません」と謝り、カウンターチェアを引く。

「大丈夫ですか？」

「はい。ああ、混み合う時間みたいですね」

ふと店内とレジ付近を見やると、いつの間にかお客さんで賑わっていた。テーブル席はもちろん、カウンター席ですらいっぱいになっている。

「すみません。私、そろそろ出ますね。これ、ありがとうございました」

席を立ち、さっき彼からもらったバウムクーヘンを手に取って深々と頭を下げる。お菓子をバッグにしまい、ホットココアを片手に店をあとにしようと思った瞬間、腕を掴まれた。

「待って！」

「えっ」

驚いて振り返ると、彼もまた椅子から立ち上がっている。

「僕も一緒に出ます」

そして彼はまだほとんど飲んでいないであろうドリンクを持って、私と一緒に店外に出た。

たまたま店を出ようと思ったタイミングが重なっただけであって、別に彼は私を追って出てきたわけじゃないはずだ。

変な期待をしてしまいそうな自分に釘を刺し、改めて別れの挨拶を交わそうと彼と向き合う。しかし、先に口を開いたのは向こうだった。

「よければ今週の日曜に、コーヒーを飲みに行きませんか？」

急な誘いに目を白黒させる。私が声も出せずに固まっていたせいか、彼は少し慌てた様子で続けた。

「あ。すみません。お時間がないのだと思って、つい先を急ぎすぎました」

「い、いえ。時間は大丈夫ですけど……唐突だったもので」

「そうなんですか？　てっきりご予定があって店を出たとばかり」

「ああ！　それは店内が混雑し始めたので一席でも譲ったほうがいいかと思って」

私が急いでいると思っていたから、会話が唐突になったんだ。

彼はぽかんとした後、くすくすと笑う。

「そういうことですか。よく周りを見ているんですね。それに、気遣いも素晴らしい」

「いえいえ！　そんなに褒められるようなことではなく」

面と向かってストレートに『素晴らしい』だなんて、これまでの人生で一度も言われた記憶がない。私は謙遜して首を横に振って返した。

本当に彼は不思議な人。普通、ここまで大げさに言われたらどこか胡散《うさん》くささを感じて警戒するところだろう。だけど、あまりに面差しが優しいためか、品のある立ち振る舞いのためか、彼の言葉を額面通り受け取ってしまいそうになる。

高鳴る胸に気づかぬふりを決め込んで冷静に対応しようと気持ちを整えていた時、

彼の視線がふっと私の胸元に落ちた。つられて自分も目を落とす。

そこには、一度彼に貸したボールペンが差さっていた。

「君と会ったことはなにかの縁かと思っていて、ついお誘いせずにいられず声をかけてしまった」

彼の澄んだ瞳と声に引き込まれる。

ボールペンで二度も繋がった縁。そうそうないことだとは思う。でも、ドキドキする心臓、落ち着いて。都合よく解釈したらだめ。こんなドラマみたいな展開はありえない。

そんなふうに頭の中では忙《せわ》しなくあれこれ考えているのに、実際は彼から目を離せない。

「気になっているカフェがあって。品川《しながわ》駅近くの『café soggiorno《カフェ ソッジョルノ》』というお店なんですが」

「えっ。私も知ってます！　一度行ってみたいと……」

住宅街にあるその有名な店は、コーヒーが美味しいと評判だった。こぢんまりとした内装は、〝喫茶店〟という呼び方がしっくりくる。と言っても、ネットや雑誌で仕入れた知識しかない。

興味があるのに行ったことがないのは、単純に忙しいのもある。けれど一番の理由は、昔ながらの喫茶店のような場所はなんとなくハードルが高く感じて、ひとりで行く勇気が持てなかったのだ。

私はスタッフがオーダーを取りに来てくれる形式の店には、ひとりで利用できないところがある。学生時代に周囲からよく『快活だね』と言われていたのもあって、友人たちはそういう一面を知ると『意外だ』と驚いたものだった。

「それはちょうどよかったです。早速ですが、今度の日曜の予定は？」

ずっと気になっていた店の名前が出て、そちらに意識を持っていかれていた。

彼のより具体的な誘いに我に返り、戸惑う。

「えっと……日曜日はお休み、ではありますが」

まさか本当に？　でも行きたい場所に行けるチャンス。コーヒー好きな友人は残念ながらいないし、社内で誘えるような仲の人もいない。

ぐるぐると考えている間に、さらりと約束の最終段階へ進む。

「じゃあ、午後二時頃に現地で待ち合わせはいかがですか？」

まだ完全に警戒心は消えない。……にもかかわらず、好奇心に抗《あらが》えずゆっくりと頷いた。

そろりと彼の顔を窺《うかが》えば、満面の笑みを浮かべていた。

「では、日曜二時に。そうだ。僕は楢崎と申します」

「わ、私は古関と言います」

最後の最後に名前を教え合うなんて、なにからなにまでイレギュラーで終始気持ちが落ち着かない。

視線を泳がせていたら、楢崎さんが私の名前を口にする。

「古関さん。日曜日、楽しみにしています。それでは」

「は、はい。じゃあ」

彼はおどおどと返答する私にニコリと笑顔を見せ、爽やかに片手を上げて去っていった。


日曜日。

今日は天候に恵まれ、ほどよい気温でとても気持ちのいい休日だ。

電車を乗り継ぎ、品川駅に向かう。改札を出て一度壁際に移動し、スマートフォンをバッグから出した。

昨夜のうちにcafé soggiornoの位置や経路を確認してはいるけれど、念のためもう一度……。

駅から徒歩で約十五分。今は一時半だから、時間には多少余裕がある。

確認を終えてからも、スマートフォンをジッと見つめた。

楢崎さんとは連絡先を交換していない。

もしかすると単純に忘れていただけかもしれない。けれども、彼はあえてこちらの連絡先を聞かなかった気がする。

メッセージや電話は便利だし、今の時代、もはやあって当然のツール。便利な反面、手軽すぎて人との心の繋がりが希薄になったりすれ違ったり……仕事でもプライベートでも自分の時間を拘束されていると感じる人もいそう。

良くも悪くも人との距離感が近くなって、簡単に相手のテリトリーに踏み込める。また、距離を置きたくなれば容易に断絶することも。

それがいいとか悪いとかではなく、うまく利用していけばいいだけのこと。そう理解はしている。

だからこそ、彼が安易にこちらに踏み込むような態度を取らなかったのは、なんだかじわじわと胸が温かくなる思いだった。なんとなく、人との距離をゆっくり丁寧に縮めて深めていく人――そんなふうに感じていた。

調べた通りの道をたどっていく。途中、定休日の店の窓ガラスに映る自分の姿を見て足を止めた。

なんか……今日ってどういう心持ちで迎えたらいいかわからなくて、服装まで悩んでしまった。

誰かと休日に待ち合わせをすること自体が久しぶり。社会人になってから友達とはなかなか休みが合わず、スーツはともかく私服においてはめっきり買い物する機会も減った。必然的に、選べるほど服の種類がなかった。

近所に出かける時に着るような服か、オフィスカジュアルの服くらいしかなかったクローゼットを思い出し、ついため息をこぼす。

男性とふたりで出かけるのはいつぶりだろう。大学時代に彼氏はいたけれど、就職してから徐々に距離ができて、その夏には破局した。

以来、仕事をこなすのに精いっぱいだったし、業務内容を覚えてからも仕事が楽しくて恋人を作る時間も頭もなかった。

そして今回、突然こういう機会がやってきて、自分の私生活がどれだけ枯れていたかを思い知る。

そうかといって、今日の日のために服を新調するのも、まるで心待ちにしているみたいでできるわけがない。結局、クローゼットの隅に追いやられていた昔の服に手を伸ばし、数年ぶりに袖を通したのだ。

白とブルーの草花柄のロング丈ワンピース。それにバルーンスリーブの白カーディガン。これならかろうじて、二十五歳が着ておかしくはないデザインのはず。

「ふう」

目的地に近づくにつれて緊張し、頭の中は忙しなく色々と考える。

本当に来るのかな。まあ、来なかったならそれはそれで……。

過度な準備や期待をすると、肩透かしにあった時に落ち込んでしまいそう。だから、気持ちが浮つかないようコントロールしつつ、店にたどり着いた。

その喫茶店は、三階まである建物の一階部分にあった。

建物自体そこそこ年数が経っていそうではあるものの、それが味となってノスタルジックな雰囲気を醸し出している。

茶色いレンガ調の外壁と、緑がかったくすんだ青の千草色をしたドア。手前に設置されている店名の入った壁に設置されたネオン看板が、またレトロでいい感じ。

私は店先まで足を進め、チョークでおすすめドリンクや軽食が書かれたブラックボードに目を落とした。

「古関さん、こんにちは」

ふいに呼ばれて振り返ると、そこには私服姿の楢崎さんがいた。

黒のテーパードパンツに白いシャツ。春用のベージュのチェスターコートが長身の楢崎さんにとてもよく似合う。仕事用スーツと違って、爽やかさが増す私服姿にうっかり見惚れた。

楢崎さんと目が合うとニコッと微笑みかけられ、我に返る。

「あっ。こ、こんにちは」

頭を下げながら、心の中で『本当に来た』と呟く。同時に、得体の知れない動悸がした。

「オフの古関さんも素敵ですね。その服、よく似合ってます」

さらりと白い歯を覗かせて褒められ、あたふたとして返事をする。

「そ、そうですか？　ありがとうございます。その、楢崎さんこそ素敵です」

素敵だと思ったのは本当なのに、取ってつけた感じに聞こえてしまったかな。

返答の仕方で自己嫌悪に陥っていると、彼は屈託のない笑顔で答える。

「ありがとう。気合い入れてきた甲斐《かい》があったかな」

「わ、私も！　その、仕事ばかりにウェイトおいていて、もうずっとこんなふうに男の人と出かけたりしなかったのですごく悩んで」

緊張と羞恥心とで早口になった。はたとして彼を見たら、目をぱちぱちさせた後、「ふふっ」と笑い声を漏らす。

「じゃ、一緒ですね。僕たち。さっそく中に入りましょうか」

「そ、そうですね」

照れくささから、どうにもぎくしゃくしてしまう。

楢崎さんがドアを開けると、カランとドアチャイムの音がした。楢崎さんにエスコートされ、店内に入る。

「いらっしゃいませ」

レジカウンターとパントリーにいたスタッフが笑顔で声をかけてくれた。

ちらっと店内を窺うと、テーブル席が四席とカウンター席が少しあるくらいの、アットホームな感じだった。暖色系の照明に照らされる濃いナチュラルブラウンの木目調テーブルは、年季が入っていて艶がある。そんなところもまた、なぜか懐かしい印象を受けた。

レジ前にいた先客のおじいさんは、スタッフと親しげに会話を交わすとなにもオーダーせず、レジに小銭だけを置く。それから、途中にあったブックスタンドからスポーツ新聞を抜き取り、奥のカウンター席へと着いた。どうやら常連さんのようだ。

ここも私がアルバイトしていた店と同様に、まずレジでオーダーを受けるんだ。外見や雑誌に載っていた写真から、てっきりテーブルでオーダーするものだと思い込んでいた。

「ご注文がお決まりになりましたら、こちらで伺います」

女性スタッフの声かけで、私たちはレジへと歩み寄る。

「古関さん、決まりましたか?」

「あっ、はい」

カウンターの上にあるメニュー表を一度見たけれど、気持ちは変わらない。前々からここに来た時には、まずカフェラテをオーダーしたいと思っていたから。

メニュー表から視線を上げ、スタッフにオーダーする。

「ホットカフェラテをひとつお願いします」

「それと、僕はキリマンジャロブレンドをひとつ」

続けて楢崎さんがオーダーし、会計をしようとする。私は慌ててバッグからお財布を握って出した。

「支払いは自分で」

「今日ここに誘ったのは僕だから。ごちそうさせて」

にっこりと笑って言われると、それ以上なにも返せなくなる。ましてレジ前でスタッフも近くにいる状況だと、食い下がるのもどうかと思い、ひとまずここは引く判断をした。

「どこの席でもいいみたいですね。窓際に行きましょうか？」

「はい」

楢崎さん主導のもと、入口右手の窓際にあるふたり掛けの席に決め、革張りのソファに腰を下ろす。対面して座ったはいいけれど、なんだかまともに彼の顔を見られなくて、何気なく窓へ目をやった。

格子のアーチ窓がかわいい。ここから窓の外を眺めると、景色が違って感じるから不思議。

「なんだかここは時間の流れがゆっくりな気がしますね」

外を歩く人々はなんら変わらない日常なのに、窓を隔てたこちら側はやけに静かでゆったりとした時が流れている気がする。

「本当に。居心地のいいお店ですね」

楢崎さんが穏やかな口調で肯定した。

「店名の〝soggiorno〟とは、イタリア語で『居間』とか『寛《くつろ》ぎ』とかいう意味合いだそうで。言葉通り、ゆっくりとした時間を過ごせるお店ですね。ほっとする」

彼は私のうんちくを、黙って優しい面持ちで聞いてくれていた。真正面から目を逸らさずにいられると、こそばゆい気持ちになってしまって落ち着かない。

「あの、楢崎さんもコーヒーがお好きなんですか？」

間を埋めるように当たり障りのない質問を投げかけた。

コーヒーが嫌いだったら、オーダーするわけなどない。

言ってしまった後にそう気づいたけれど、もう遅い。訂正することもできず、ただ自分の余裕のなさを責めていた。

そんな当たり前の問いかけにさえも、楢崎さんは嫌な顔ひとつ見せずに答える。

「そうですね。仕事でコーヒーを学ぶ機会があり、それがきっかけでハマったという感じです」

仕事で？　だとしたら、私と同じような業種なのかもしれない。

前回会った際には勤務先の話題どころか連絡先さえも交換せず、名字だけを伝え合って別れていたから実は気になっていた。

私は失礼にならない程度に質問を重ねる。

「差し支《つか》えなければ、どのようなお仕事を？」

コーヒーに関連する職とひとくちに言っても多すぎる。皆目見当もつかず、好奇心を抱いて返答を待った。楢崎さんはこちらを一瞥《いちべつ》し、瞼を伏せて唇を引き結んだ。それから、おもむろに口を開く。

「『リアルエステイト楢崎』という会社はご存じですか？」

リアルエステイト楢崎――。

大手不動産会社の内のひとつ。大きなビルや高級マンションなどに楢崎から取った〝NS〟の文字をよく見る。だけど、不動産会社とコーヒーってどういった事業なんだろう。

首を捻って考えていたが、ふと信じられない事実に気づく。

リアルエステイト〝楢崎〟？

「まさか、楢崎さんって……」

目を剥《む》いて呟くと、彼は苦笑いを浮かべた。

「はい。父がリアルエステイト楢崎の代表をしています。そして僕は、本社社長秘書兼専務取締役として勤務しています」

「しゃ……！」

社長秘書⁉　というか、専務取締役兼任って！

仕事の話題に引きずられていて、気づくのがワンテンポ遅れた。

ゆったりした時間どころか、急に時間が止まった感覚に陥った。驚きのあまり固まる。瞬きも、呼吸さえも一瞬忘れていたかもしれない。

数秒間、言葉を発せず硬直する。でも、仰天しながら反面納得もしていた。

彼の告白は真実だろう。むしろ、そういう肩書きだと知ってしっくりくる。

話し方、目の合わせ方、笑い方でさえもなにか特別なものを持った人だと本能で感じていたのかもしれない。

だって、私の瞳には彼が輝いて映っていた。そう、今も――。

「お待たせいたしました。キリマンジャロとカフェラテです」

白いシャツに黒のショート丈のカフェエプロンをつけたスタッフが、にこやかにカップをテーブルに置いていく。丁寧に提供されたカフェラテは、カップに並々と注がれていた。ラテアートだ。

表面張力で揺れているカフェラテには、カップの中でミルクの層が左右に広がっていて、中央には縦に小さなハートがふたつ並んでいる。クレマと呼ばれるエスプレッソの最上層に浮かび上がるブラウン色の泡と、ミルクの白色のコントラストがとても美しい。ラテアートを穴が開くほど見つめ続ける。

　ここcafé soggiornoでは、カフェラテをオーダーするとラテアートを施してくれる。これこそ、私がここへ来てみたかった最大の理由だった。

「ウイングチューリップだね。綺麗だ」

　心の中の声と楢崎さんの声が重なった。カップから視線を上げ、楢崎さんを見る。ごく自然に模様の名称を言った彼に、感嘆の息が漏れた。

「楢崎さんが今教えてくださった肩書き──疑う余地もありませんね」

　なにもかもが完璧すぎて。

　私の反応に彼は一瞬止まり、その後、手の甲で口元を隠して笑いだす。

「ははっ。疑われそうになってたの？　僕」

　少し砕けた雰囲気で楽しげに肩を揺らすから、そんなにおかしなことを言ったかなと内心狼狽えた。

「まあでも、そうか。そうだよな……逆の立場だったらって考えたら」

　楢崎さんは視線をテーブルに流し、どこか心悲しい表情と声音でぽつりと言った。

　こんなふうに誰かに素性を明かすのはあまりないのだろうか。大抵の人ならやっぱりびっくりはすると思う。

もしや、業界では楢崎さんは有名で知らない人はいないとか？　リアルエステイト楢崎は私ですら知っている会社だ。彼の年齢はわからないけれど若そうだし、それでいてすでに社長秘書、そして専務なら、言わずもがな跡を継ぐ人なのだろう。周囲からは後継者として扱われるのが常で、疲れてしまうのかな。

私には到底わかりえない。そして、〝関係のないこと〟だ。

「楢崎さん」

「はい」

「えっと……飲み物冷めちゃいますし、いただきましょうか」

私はカップに両手を添えて笑顔を見せた。

楢崎さんがすごい人で住む世界が違うと知っても、なんら問題はない。私たちはひょんなことで知り合って、流れで休日にコーヒーを飲みに来た。ただそれだけ。シンプルに考えれば立ち止まらずにいられる。

初めは鳩が豆鉄砲を食ったような顔をしていた楢崎さんだったが、相好を崩して答える。

「そうだね」

彼の言葉を受けて一度頷くと、カフェラテをそーっと持ち上げた。カップを傾けるとすぐにこぼれてしまいそうだから、先に唇をつけてゆっくりカフェラテを吸い込んだ。数秒後、想像以上の味に思わず声をあげた。

「美味しい！」

舌触りが優しくて、ミルクのほんのりした甘味が広がる。苦みの強いエスプレッソとは思えないほどまろやかになっている。

「うん。こっちも。噂《うわさ》に違わず美味しい」

楢崎さんも頬を緩ませているのを見てさらに気が緩み、すっかりコーヒーの世界に没入した。

「どうしよう。飲み干すのがもったいない。でも、美味しいうちに飲んじゃいたい」

カップと対面したまま葛藤を続けていると、正面から笑い声が聞こえてきた。

「本当に好きなんだね」

眉を下げて柔らかな眼差しを向ける彼に、迷わず首を縦に振る。

「はい。好きです。でも半分は仕事もあるかな」

「仕事？」

私はバッグに入っている手帳から予備の名刺を取り出し、スッと彼へ差し出した。

「コーヒーやコーヒーマシンなどを取り扱う会社に勤めています。今はまだ開発などには直接関わっていませんが、知識はいつかなにかの役に立つかもしれないので」

楢崎さんは名刺を受け取り、まじまじと見ている。

「だからさっきもじっくり観察していたんだ。スマホで撮影する人はよく見かけるけど、ああやって注視する人は少ないから」

「ああ～。撮影、最近はみんなしてますね。私はお店側に許可を取るのがちょっと苦手で。というか、欲望に負けて先に飲んじゃう」

これまでの自分の行動を、宙を見て思い返す。どれも女子力というものがない行動だったと思う。そんな自分でも、楢崎さんみたいなハイスペックな男性とこうしてお茶をしているのだから人生はわからないものだ。

「そうだったんだ。僕が許可を取ればよかったね」

「あ！　いいんです！　目に焼きつける派なので」

「目に？」

私の珍回答に楢崎さんはまた「ふふっ」と笑う。

彼が楽しそうにしているのを見てほっとすると同時に、うれしくなった。

「それにスタッフにも時間を割かせるのが申し訳なくて。私はＳＮＳとか利用しているわけでもないし、お店になにも貢献できないから」

そうかといって、周りのお客さんがスタッフに声をかけていてもなにも思いはしない。あくまで『自分』がしたと仮定した時の感情だ。

「さっきの話、半分が仕事だなんてカッコつけましたけど、やっぱりコーヒーが〝好きだから〟っていう気持ちがほとんどです！」

照れ笑いをして、もうひと口カフェラテを飲む。カップを戻す直前、テーブルの上に置いたままの手帳を見て閃《ひらめ》いた。

「ちょっとすみません」

私はひとこと断り、彼の反応も見ぬ前に手帳を開いてペンを走らせる。

今感じたことを忘れないように記録を残そう。香りや味など、箇条書きでもなにか言葉に残しておけば後で確認できるし、今日経験した味わいや感情を思い出せるかもしれない。強く印象に残っているから大丈夫と思っていても、記憶は案外薄れたりするもの。

楢崎さんはコーヒーに視線を注ぎ、再び静かにカップを持ち上げる。

「やっぱり昔から本質はそのまま変わらないんだな」

「え？」

「古関さん。アルバイトの頃も、そうやってメモを取っていたよ。仕事に熱心で凛としていて、すごく輝いてた」

彼は目で私を捕らえると、緩やかに口角を上げた。

誰かにここまでストレートに褒められることはないため、右往左往してしまう。

「や、あの……ありがとう、ございます」

「いいえ。僕はただ思ったことを言っただけだよ」

さらりと答えてコーヒーを口に含む彼を見つめる。それから、楢崎さんの会社について詳しく聞いていいのか逡巡《しゅんじゅん》し、結局こちらからは触れなかった。

ただこのゆったりとした空間で彼と向かい合い、お互い静かにカップを口に運ぶ。時折視線がぶつかると互いに微笑むのが面映《おもは》ゆくて、温かい。

彼と一時の穏やかな空間を共有しているだけで十分だった。

たわいのない話を重ね、気づけば午後三時を回る。

カフェラテを美味しいうちに飲もうかどうしようかと悩んでいたはずが、楢崎さんとの会話が楽しくて、ついさっきようやく飲み干した。

「そろそろ出たほうがいいですよね。すみません。お話が盛り上がって結局飲むのが遅くなっちゃって」

「僕は大丈夫。でも他のお客さんが来るかもしれないし、出ようか。ここへはまた来よう」

　楢崎さんが席を立ちながら発した、何気ない言葉が引っかかる。

『また』って本気で思っているのかな。そもそも、今日はどういった目的で誘われたのかもはっきりわからないままだ。そのせいで、気持ちの置き場が難しかった。

デート、なのかなあ。だけど、彼は私がカフェでアルバイトをしていたことを知っていたし、それを踏まえてたまたま気になっていた喫茶店に誘った程度のような。通話中の楢崎さんにボールペンを貸したお礼……的な。そうだとしたら、あれは私が勝手にしたことなのに申し訳なかったな。

　私は楢崎さんに続いて café soggiorno を出る。

　考え事をしていたら、目の前で楢崎さんが立ち止まったのに気づくのが遅れて、危うくぶつかりそうになってしまった。

　楢崎さんがこちらを振り返った瞬間、ドキッとする。動揺をごまかすために、バッグに視線を落として口を開く。

「あっ。そうだ。カフェラテの代金を」

「それはさっきも言ったよ。気にしないで」

　どうすべきかすごく迷ったけれど、こういう場合はお言葉に甘えるのがスマートなのかもしれない。

「ありがとうございます。ごちそうさまでした」

思い切って彼の厚意を受け取り、お辞儀をしてお礼を伝えた。

喫茶店へコーヒーを飲みに行く、という目的を果たしたら、あとはどうしたらいいのだろう。急に『じゃあ、これで』と切り出すのはやっぱり失礼だろうし……。

慣れない展開にぐるぐると頭の中で考えていると、楢崎さんが腕時計を見て言った。

「いや。気にしないで。ところで古関さんって、この後も時間ある？」

「はい。特に予定はないので」

精いっぱい平静を装って返した。本当は、心臓がバクバク鳴っている。

こんなやりとりも慣れてないし、挙動不審になっているのではないかと心配になっていた矢先。

「じゃあ、映画でも観にいかない？」

「えっ。は、はい」

変に意識しすぎていたのもあり、深く考える余裕もなく即答してしまう。

これじゃ、この後の流れになにか期待していたみたいじゃない！

一気に恥ずかしくなって、顔を上げられなくなる。頬だけではなく、きっと耳まで真っ赤だ。

気を鎮めようと努力していると、楢崎さんは私の心を見透かしているかのような温情に満ちた目をしてクスッと笑った。


映画館までは、楢崎さんの車で移動した。

プライベートで男性と車でふたりきりになるのは初めてで、終始そわそわしていた。

選んだ上映作品は、今話題のアクション映画。数年ぶりの映画館は色々と変化しているらしく、楢崎さんおすすめのシートが動いたり物語のシチュエーションに合わせてほのかに香りがしてきたりするシアターを利用した。

より大きなスクリーンと身体の奥まで響く重低音に驚きながらも物語に没入し、あっという間に上映が終わる。映画館を出たのは午後六時頃。施設を出て、車を停めている提携駐車場に向かって歩く。

「やっぱり映画館は自宅で観るのとは違いますね。特に音が。しかもシートも揺れたりして、初めはびっくりして心臓がバクバクでした」

「ドキッとするよね。ジャンル的にも大きな音や振動が続く作品だったし」

「もう映画っていうより、ちょっとしたアトラクションですね。楽しかった」

「僕も。誰かと一緒だと、こうして映画が終わった後の時間が楽しいって初めてわかった」

彼の言葉を受け、おずおずと尋ねる。

「いつもは、ひとりで？」

さっきの言い方だと、そういうふうに捉えられる。

楢崎さんは頷いて答えた。

「うん。ああ、でも言うほどなかなか足を運ぶ時間はないんだけど。代わりに家で観たりしてるかな」

「そうなんですね。きっとお忙しいですもんね」

カフェでボールペンを落とした時も、たしかに彼は忙しそうな雰囲気だったのを思い出す。

多忙な彼がわざわざ貴重な休みの時間を割いて、私を誘うって……。

ふと自惚《うぬぼ》れた考えが浮かび、即座に打ち消した。

特別な感情があるとか、そんな都合のいいことを期待してはいけない。

思い直していた際、前方の路上で信号待ちしていた年配の女性に、派手なアクセサリーを着けた金髪の男性がぶつかる瞬間を目撃した。女性はよろめき、男性は手にしていたスマートフォンをアスファルトに落下させてしまった。

するど、その二十代半ばくらいの男性が、勘弁してくれと言わんばかりにオーバーアクションで騒ぎ始める。

「うわっ！ あーあーあ。どうすんの、これ。画面割れちゃってるよ。先週出た新しいやつで買ったばっかりなんだよな。十四万したんだよ」

男性が自身のスマートフォンを拾い上げ、ひどく割れた画面を女性に突きつけている。おろおろとするばかりで声も出せない女性に、男性はさらに捲《まく》し立てる。

「は〜。でも一週間は使ってたわけだし、全額弁償は悪いから半分の七万でいいよ。それで終わりにしよ」

激昂《げっこう》せずにあえて穏便に済ませようとする姿勢は一見常識人にも感じるかもしれないけれど、彼の話を聞けば内容は強引だ。

私は考えるよりも先に、足と口が同時に動いていた。

「あの。こちらの方はただ信号を待っていただけで、むしろあなたが歩きながらスマホの操作に夢中だったのを見てましたが」

証拠は残っていないけれど、一部始終をこの目で見ていた。

「あ？ 部外者は引っ込んででもらえます〜？ これは俺と、このばあさんとの問題なんで」

「でも、目撃者である第三者を交えたほうが冷静に話し合えることもあると思います」

頑として引かない私に、男性は面倒くさそうに顔を顰《しか》めた。そして、女性に肩を寄せる。

「いーっていーって。誰も頼んじゃいないっつーの。ほら、もう示談で済ませる方向で決まったもんね？」

「あ……ええと……」

女性は涙目で困惑していて、どう見ても冷静な判断ができていない。そこに漬け込むようにして、男性はさらに話を進める。

「ほら。手持ちがないなら銀行まで付き合うからさ。それか、家族に連絡してやろうか？　俺、もう一台スマホは持ってるから番号教えて」

「それはどうか……やめてください。銀行に行けばお金はありますから」

脅されて言われるがままになりそうな女性に、すかさず声をかける。

「おばあちゃん、落ち着いてください」

「お前、すっこんでろよ！」

「きゃっ」

男性に肩を押され、バランスを崩して後ずさる。しかし、すぐに私の身体を楢崎さんが支えてくれた。彼は私を背に回し、男性と対峙《たいじ》する。

「なに？　もう当事者だけで解決するから構わないでほしいんだけど」

「この短時間で詐欺罪、恐喝罪……それに加え、たった今暴行罪も加わった。余罪があるなら実刑ってことも十分ありえるな」

楢崎さんの背後にいるから、男性の表情はわからない。けれども、楢崎さんらしからぬ低く冷ややかな声音に一気に緊張感が増すのを感じた。

「は？　なに言って……」

「そのスマートフォン。先週出たばかりの新しい機種だと言っていたが、それ、昨年のモデルだ」

楢崎さんの指摘に、男性は先ほどまでこれ見よがしに女性にちらつかせていたスマートフォンを即刻隠す。

「とはいえ、たしかに今やスマートフォンは高価で価値もあるものだろうから、ここはきちんと警察にお願いして処理してもらおう。ご婦人もよろしいですか？　僕たちも付き添いますので」

楢崎さんは終始感情的にならずに淡々としている。その冷静な雰囲気に女性も心強く思ったのか、安堵《あんど》した顔で「よろしくお願いします」と丁寧に頭を下げている。

するると、男性が尋常じゃないほど狼狽えて私たちから距離を取り始める。

「い、いや！　警察まではいい！　っつーか、今回はもういいから！」

そうして背を向けて走り去り、あっという間にいなくなってしまった。

茫然《ぼうぜん》と立ち尽くしていると、楢崎さんが「ふう」と息をついて呟く。

「念のため、警察に連絡はしたほうがよさそうだな」

その後、女性にも許可を得て警察に通報し、私たちは一連の騒動の説明を終えて現場をあとにした。

気づけばもう午後七時前で、空も暗くなってしまっている。

さっきの事件のせいでなんとも言えない気持ちを抱えたまま、楢崎さんと駐車場まで歩いた。その間、彼もまた無言だったから、私と同様の心境なのかもしれない。

助手席に乗りモヤモヤしていると、楢崎さんが口を開く。

「君は……。真面目さゆえの正義感なのかな。すごくハラハラした」

彼はエンジンをかけぬままハンドルに両腕を乗せ、そこに頭を預け項垂《うなだ》れている。

さっきまで彼がなにも話さなかった理由は私と同じだったわけではなく、私に対して思うところがあったせいだったんだ。

多大な迷惑をかけたことに今さら気づき、深く頭を下げた。

「ご迷惑をおかけしてすみませんでした。楢崎さんも一緒だったのに、つい……」

正義感だなんて大層なものじゃない。ただあの男性の態度やお金目的の犯行に、頭に血がのぼってしまっただけだ。

私が咄嗟に動いたせいで、楢崎さんを巻き込む可能性があるところまで考慮しなかった自分を責める。

静かな車内で楢崎さんのため息が聞こえ、頭を上げられなかった。

「古関さんは間違ってはいないと思うよ。ただ、自分の身の危険も考えてほしい」

私はそろりと姿勢を戻し、彼と一度目を合わせるや否や再び頭を低くした。

「は、はい。そうですね。巻き込んでしまって本当にすみません」

「いや。むしろ僕が一緒にいる時でよかったと思ってる」

「……え」

思いがけない言葉に無意識にまた彼を見ると、胸を撫《な》で下ろしたような顔をしている。ジッと見つめられ、しばらく視線を交錯させた。

鼓動が速くなるのを感じつつも、目を逸らせない。

楢崎さんがおもむろにこちらに手を伸ばし、頭を撫でる。触れられた途端、心臓がさらに早鐘を打った。

「古関さん。よかったら、また会ってくれる?」

「や……。その、楢崎さんならなんていうか……他にも」

緊張で声が震えたのもあり、その先は言えなかった。

自分を卑下する女性は、他人からすると面倒くさいだろう。これまであまりそういう心境に陥ったことはなかったのに、楢崎さんを前にするとどうしても……。

そろりと彼の顔を窺う。

呆《あき》れた顔をしているのか、はたまたあっさりと割り切って笑顔を作っているか。

そんな予想をしながら彼を見ると予想のどれにもあてはまらず、真剣な面持ちで綺麗な濃褐色の瞳に私を映し出していた。

「他にも……なに?」

私がなにを言わんとしているか、絶対に彼ならわかっているはず。今のもどこか試すような、確かめるような聞き方だ。

楢崎さんは誠実で優しい人だと今日一緒にいてそう感じた。つまり、遊びで女性を誘うような男性ではないと思っている。だから、彼の質問になにも返せなかった。

それでもどうにか首を横に振ると、楢崎さんは一度軽く息を吐く。そしてシートに背中を預け、瞼を下ろしてこぼした。

「仕方ないか」

「え？」

「今日はまだデート一回目だしね。警戒されるのも無理はないし、むしろそのくらいしっかりしてくれてたほうが安心する」

どこか甘い雰囲気に緊張して、自分の心音が静寂な車内に響く錯覚に陥る。

彼が再び瞳を露《あら》わにし、私を捕らえた。

「というわけで、次の約束をしたいから連絡先を教えてほしい」

真面目な顔で言うなり、ポケットからスッとスマートフォンを出して聞かれる。

「だめ？」

だめな理由など見つからない。

「今日は本当に楽しかったです。ありがとうございました」

間を繋ぐためにお礼を口にし、楢崎さんをまっすぐ見つめた。

次の言葉を続けるのに少々時間がかかる。彼が寂しそうな目をしたのを見て、私はバッグからスマートフォンを取り出し、両手で差し出した。

「私でよければ……また予定が合った際に、よろしくお願いいたします」

連絡先の交換にこれほど緊張した記憶はない。

スマートフォンから視線を上げていくと、楢崎さんは「こちらこそ」と破顔した。

そして、その後は車で私のアパート近くまで送ってくれた。


それから私たちはデートを重ねた。

仕事の日なら、夜に食事をして少しドライブをしたり、休日ならば昼頃に待ち合わせをして、車でちょっと遠出をしたり。

三度目のデートには彼の肩書きも忘れている時間が多くなり、自然に会話ができるようにはなっていた。しかし、日を追うごとに別の緊張感は増していくばかり。

あれから楢崎さんは毎日連絡をくれる。忙しい人なのに、とこちらが心配になるほどマメだ。一緒に出かけている時も疲れなど微塵《みじん》も見せず、スマートにエスコートをしてくれる。

そんな彼と交流を深めていくにつれ、自然と名前で呼び合うほどになった。

自然と、と言っても、彼はすんなり呼べたのかもしれないが私は違う。

『雄吾さん』と呼ぶのも、初めのうちは照れくさくてすごく頑張った。そして、それ以上に『春奈さん』と呼ばれることのほうがくすぐったくて、いつも赤面している気がしていたほど。

その頃には完全に彼に好意を抱いていた。

だって、仕方がない。彼ほどなんでも揃っている上にフェミニストで、常に公平な心の持ち主で……。惹《ひ》かれない理由など見当たらない。むしろ、そんな彼がなぜ私と一緒にいてくれるのかが不思議だった。

そうして気づけばゴールデンウィーク。私の勤務先は、今年はなんと十連休。前半は横浜の実家に二泊して地元の友達と会って過ごした。

その翌日は、雄吾さんとの約束の日。

私はこの日に想いを伝えようと、密《ひそ》かに心を決めていた。


当日、彼とは私が住むアパートの最寄り駅で待ち合わせていた。

雄吾さんを待っている間、自分に課した今日の重大なミッションを考えては緊張が増し、気持ちが落ち着かない。

待ち合わせ時間の五分前。そこに一台の車がロータリーにやってきた。雄吾さんは窓を開けて笑顔を見せる。

「春奈さん。お待たせ」

会釈した後、彼に促されて助手席に乗り込んだ。

「失礼します。いつも迎えに来ていただいてありがとうございます」

「いや。春奈さんを迎えに来る時間も楽しいから気にしないで。じゃあ移動しよう。シートベルトは大丈夫？」

「はい。大丈夫です」

雄吾さんは変わらずさらりと歯の浮くようなセリフを言う。それが嫌なわけではなく、慣れていないから単純に恥ずかしい。

「私、幼少期以来の水族館です。楽しみ」

今日は事前に行き先が決まっている。雄吾さんとのメッセージのやりとりで、水族館に行こうかという話になったのだ。

「僕も。大人になった今、水族館へ行くとどんなふうに感じるかわくわくしてる」

雄吾さんはいつも優しく、寄り添ってくれる。だからきっと、知り合って間もないのにこんなにも安心感があって、居心地がいいのだと思う。

車で移動すること約一時間。

覚悟したほどゴールデンウィーク中の高速道路の混雑もひどくはなかった。平日だから、仕事の人も多いのかもしれない。

「うわあ」

多くの来場者が入り口に向かう中、人混みよりも視線の先にあるドーム型をしたガラス張りの建物に思わず声をあげた。

一見水族館には思えないトリックアートのような造りで、自分たちが海に浮かんでいる錯覚に陥る。そのゲートを潜って下りのエスカレーターで降りれば、海底へ続いている道みたいで年甲斐もなく興奮してしまった。

「なんだか水族館じゃないような建物ですね。オシャレ！」

「ここの水族館の設計をした建築家はいくつも賞を獲《と》るほどの人だからね。やっぱりひと目で心を奪われる」

雄吾さんも建物を仰ぎ見ながら感嘆し、さらに続けた。

「いつか一度でいいから一緒に仕事をしたいと思っている人なんだけれど……あ、ごめん。後半は心の声が漏れてた」

どうやら彼は、休日に仕事の話題をあげたことを気にして謝っているらしい。

私はまったく気にならないので、首を横に振った。

「いえ。むしろそういう話聞きたいです。雄吾さんがどういった仕事をして、どんなふうに感じて考えるか、とか。興味があります」

私が真剣に答えると、雄吾さんはきょとんとしていた。それから顔を綻ばせ、心地のいい声で話し始める。

「仕事の内容は多岐にわたるんだ。実は最初に誘った喫茶店も、仕事に関係はあったんだよ。気を悪くさせたらごめん。でも、個人的に気になっていた店だっていうのは本当だし、春奈さんと行きたいと思ったのも本心だから」

「気を悪くなんか。建物やインテリア関連で？　あのお店、レトロないい雰囲気でしたもんね」

「いや。春奈さんの言う通り、他にはない雰囲気の店だとは思うけど、僕の目的はコーヒー」

「あ、そういえばそんなようなことを言ってましたね！」

　あの時はそれよりも雄吾さんがあの大手不動産会社の跡取りだと判明して、そっちのほうが衝撃的だった。そのため、コーヒー関連の仕事とはなんなのかという疑問がすっかり頭から抜け落ちていた。

「うちはホテルやゴルフ場、別荘地の運営もしていたりするから。それらのサービスのひとつとして美味しいコーヒーの提供は需要があると思っていて」

「ホテルやゴルフ場……」

なんだか規模が大きい話だ。いや、雄吾さんはあのリアルエステイト楢崎に勤めているのだから普通なのだろう。

私たちはエスカレーターを降り、館内の奥へ歩みを進めながら会話を続ける。

「知ってるかな？　『ホテルオークスプラチナ』とか。あれはうちの系列」

「ええっ」

ホテルオークスプラチナも雄吾さんの会社の系列だったなんて！

ホテルオークスプラチナは、都内でも有名な高級ホテル。会員制で、日本だけでなく海外の著名人も利用するほどだ。しかし、経営している会社までは知らなかった。

「あ、春奈さん。見て。サメだ」

「え？　わあ！　本当だ！」

話に夢中になりすぎて、気づくのが遅れた。顔を正面に向けると、十数メートルはある長さの水槽に泳いでいるサメの背びれが辛うじて見えた。

水槽の前はすごい人だかり。身長が百六十センチまで届かない私には全貌までは見られなくて、人混みの隙間から水槽を観察するしかなかった。

「春奈さん。あっち側なら比較的空いてそうだよ」

そんな私を気遣って、雄吾さんがリードしてくれる。彼は上背があるからどこが空いているとか、広域が見えるのだろう。

雄吾さんについて歩くだけでもゴールデンウィークの混雑では大変。学生のグループに流されそうになった時、手を握られた。

「ごめん。はぐれたら困るから」

「あ……ありがとうございます」

ふいに大きな手に包まれて、心臓が跳ね回る。館内は空調や冷房でほどよい室温だったはずなのに、一気に身体が熱く感じた。

その後、いろんな水槽を見て回ったものの雄吾さんと繋いだ手が気になって仕方がない。

ずっとドキドキしている。人で混雑している場所はいつもなら疲弊するのに、今ばかりはそれすら気にならなかった。

サメがいた二階から一階へ移動する際、階段付近で今にも泣き出しそうな男の子に遭遇した。

見た感じだと三歳くらい。近くに保護者らしき人も見当たらないし、男の子の不安そうな表情と落ち着きのない動きから、はぐれてしまったのだと思った。

「あの子……」

「ああ。きっと迷子だな」

　そこで雄吾さんの手が離れ、彼は男の子のそばに寄り添った。繋いでいた手を名残惜しく思う暇もなく、私も男の子の元へ行き、膝を折る。

「パパとママ、いなくなっちゃった？」

　男の子は私の問いかけに一気に顔をくしゃりと崩し、涙を流し始めた。

「あっ、だ、大丈夫だよ。お名前言える？」

　慌てふためきながら名前を尋ねるものの、答えてはもらえない。初めの声のかけ方を誤ってしまったと心底後悔する。

　すると、ふいに雄吾さんがふわっとその子を抱き上げた。

「どう？　さっきよりはよく見えるだろう？　君が迷子のパパとママを助けてあげて」

　一瞬怯《おび》えていた男の子も、雄吾さんのひとことに強張《こわば》っていた表情が一変し、涙をこらえて凛々しい顔つきになる。

「できる？」

　雄吾さんが男の子と顔を向き合わせて尋ねると、その子は使命感を抱くような口振りで「うん」と答えた。

　雄吾さんの機転の利いた対応に感心していたら、彼は片腕で男の子を抱っこして、空いた手で私を掴んだ。

驚いて雄吾さんを見上げる。

「僕の腕に手を添えてて」

「えっ？」

「春奈さんも迷子になったら困るから」

彼は決してからかっているわけではなく、本当に私を心配して言ってくれたみたい。

こんな時に私のことまで気にしてくれる彼に、つい苦笑した。

「もう。もしも私が迷子になっても、ちゃんと対処できますよ」

私がやんわり断るも、彼は手を離さず逆に引き寄せた。そして、耳元でささやく。

「――迷子は口実」

普段以上に甘い声色が耳孔を通り、瞬時に彼を見た。

意味ありげにニッと口の端を上げていて、彼の言動には他の意図があるのだと伝わる。途端に頬が熱くなり、雄吾さんを直視できなくなった。

口実って、それはつまり私と腕を組んで歩きたいとかそういう……。

深読みしすぎかもしれない。だけど、ちらりと雄吾さんを見れば、なにか期待するような眼差しでこちらを見ている。

私はおずおずと雄吾さんの右腕に手を添え、ぽつりと言う。

「これで大丈夫、ですね……？」

すると、彼は満足そうに目を細めて「ああ」と返してきた。

それからすぐ、私たちは男の子の保護者を探した。この辺りを回ってみてから館内のスタッフのところへ引き渡そうということになったのだ。

雄吾さんに抱っこされた男の子は、きょろきょろとして一生懸命パパやママを探している。順路を少し戻ったところでその子が声をあげた。

「パパぁ！」

「祥悟《しょうご》！」

『パパ』と呼んだ男の子の声に反応し、ひとりの男性が急いでこちらにやってきた。

男性は五歳くらいの女の子を抱っこしていて、後からついてきた母親であろう女性もまた、一歳になるかならないかの乳児をベビーカーで連れている。

ご夫婦が祥悟くんの他にふたりも子どもを連れてやってきていたことを察し、迷子になってしまった理由がわかった気がした。

「パパとママ？」

雄吾さんが優しく問いかけると、祥悟くんは「ん」と大きく頷いた。そしてパパのほうへ両手を伸ばす。

男性は女の子を一度下ろし、祥悟くんを抱いて頭を下げた。

「すみませんでした。息子を保護していただきありがとうございます」

「いえ。無事に再会できてよかったです」

雄吾さんは祥悟くんの頭にポンポンと手を置く。

「泣いたのもほんの少しだったし、パパも自分で見つけられたしね。今度はパパとママにくっついてるんだよ」

祥悟くんはこくりと頷き、「バイバイ」と手を振った。

家族と一緒に去っていく祥悟くんを見つめていたら、雄吾さんが笑いを噛《か》み殺してぽつりと呟く。

「あの子も〝ショウゴ〟って言うのか」

「〝も〟？」

首を傾げると、彼は微笑んだ。

「ああ。僕には弟がひとりいるんだけど、名前が尚吾《しょうご》っていうんだ」

「へえ。そうなんですね！　それは奇遇でしたね」

「本当だよね。驚いた」

「迷子の祥悟くん、かわいかったですね。泣きそうなのをグッと我慢する姿とかすごく愛らしかった。それに抱っこされてた女の子もベビーカーの赤ちゃんも。いいなあ、赤ちゃん。大変でしょうけど癒しですよね。いつか自分の子を抱いてみた……い」

変な間が生まれないようにと、ぺらぺら話したのはいいものの、なんだか恥ずかしい内容にも思えてきて途中で口を噤《つぐ》む。

「あ！　あそこにギフトショップがありますよ！」

私は話題を変えるべく、視界に入ったギフトショップの看板を指さした。

「本当だ。寄ってみる？」

「はい。せっかくなので見てみましょう」

笑顔で答えるや否や、スッと手を差し出されて戸惑った。

「えっ」

「もう手は完全に空いたから」

彼は言うなり私を待たずに手を繋ぐ。

また改まって手を繋ぐとなると、照れくさい。決して嫌なわけではないけれど、気恥ずかしい気持ちもあって、素直にその手を握り返せずにいた。

瞬間、グイッと引き寄せられ、彼の顔が近くなる。

「僕から離れないで」

低い声でささやかれ、胸がきゅっと締めつけられる。

それから館内を回り終えるまで、ずっと手は繋がれたままだった。

水族館を出た後は近くのカフェでランチをとり、海沿いの公園をゆっくり散策した。

それから車で都心部へ戻ってくると、もう午後七時過ぎ。

私は雄吾さんに連れられて、恵比寿《えびす》にある隠れ家的フレンチレストランを訪れる。

趣のある素敵な店でいつもなら気分が高揚しているはずが、今ばかりは心ここにあらずだった。

今日、彼に気持ちを伝えようと意気込んでいたはずが、気づけばもう夜だなんて。

内心愕然としながら、彼と向かい合って席に着いた。

雄吾さんとのこれまでのデートと比べ、あんなに長い時間手を繋いでいたのは初めてだったし、なんというか……今日の雄吾さんはいつにもまして甘い雰囲気だった気がする。おかげで体温は上がりっぱなし。心臓だって走り続けているかのように早鐘を打って、頭の中はずっと雄吾さんでいっぱいだった。

おそらく好意は持ってもらえているはず。だから、告白もうまくいくかもしれない。

そう期待する傍ら、思い違いかもしれないと臆病な気持ちになるのは、恋愛経験が乏しいからだ。

焦る気持ちが募るあまり、いっそお酒に酔った勢いで伝える手まで考え始めた。そうしたら、振られる恐怖心も薄れて正面からぶつかっていけそう。

悶々と思考を巡らせていると、次々とテーブルに料理が運ばれてきた。

雲丹《うに》とビシソワーズのムース、海鮮とフルーツトマトのマリネ、黒毛和牛やフォアグラ、トリュフ。デザートにはクレープシュゼットが出てきて、滅多に口にできないものばかりに感動し、ワインも本当に美味しくて無意識に飲みすぎた。それにもかかわらず、今日はなぜか酔いが回り切らない。

上質なワインだったからか、はたまた酔っていられないほど内心では緊張しているせいか。結局、お酒の力を借りるという作戦は失敗に終わった。

レストランを出て夜風に当たり、いよいよチャンスが限られてきてしまった。

「結構飲んでたけど、大丈夫？」

焦りを滲ませている時、ふいに顔を覗き込まれて心臓が跳ね上がる。

「ぜっ、全然大丈夫です。それより雄吾さん。これを受け取ってください」

頭の中でシミュレーションをしていた通り、すでにお財布から出していた裸のお金をバッグから出した。これは、ついさっきの食事代だ。
「先ほどの代金です。とても美味しかったたし、素敵な時間を過ごさせてもらったので
その対価を私もお支払いしたいなあと」
雄吾さんはいつもスマートに支払いを済ませてくれていて、お金を出すタイミング
さえないことがほとんどだった。
後から『払います』と申し出ても、決まってやんわりと断られる。そういうシチュ
エーションになった際には、あえて一歩引いて厚意を受け取るのがマナーなのだろう
かと毎回悩んでいた。
デートでの費用をどうしたらいいのかわからないのは、学生の頃も経験したことは
あった。大学時代にひとりだけ短期間付き合っていた人とのデート。
だけどお互い学生だったのもあり、そもそもあまりごちそうになることはなかった
し、支払ってくれたときには今みたいに高額ではなかったから甘えやすかった。
雄吾さんは——大人で肩書きも素晴らしくて、デートでは男性が費用を持つのがポ
リシーだという人なのかもしれない。でも、どうにも気持ちが落ち着かなくて。
私が代金を差し出していると、雄吾さんがそっと手を押しやった。
「今夜は僕が店を決めたからいいんだよ」

雄吾さんならそう言うと思っていた。しかし、予想していたからといって、すんなり納得できるわけではない。

手のやり場を失って途方に暮れていると、彼がポンと私の頭に手を置いた。

「じゃあ、もう一カ所付き合って。お金の代わりに、春奈さんの時間を僕にくれる？」

「私の……？」

そんなセリフを言われたことなどなくて、戸惑いを隠せない。

雄吾さんが口にすると、キザっぽく聞こえないから不思議。むしろ胸が高鳴ってしまって、そういう意味で困る。

連休中で明日も仕事はない。それに、純粋にデートの延長はうれしい。

「そんなものでいいのなら、いくらでも」

気恥ずかしい気持ちを滲ませながら答えると、雄吾さんは柔和に微笑んだ。


十数分後、私たちがやってきたのは近くのラグジュアリーホテル。

ホテル業界ではホテルオークスプラチナほどではないらしいけれど、私にとっては十分立派で高級なホテルだ。

すでに食事も終わっているし、バーでも行くのかな。

そう思いつつ彼の後をついていく。向かった先は上ではなく地下で少し驚いた。なんとなくイメージ的にはレストランやバーなら、上層階の素敵なパノラマビューが望める場所にあるものだと思っていたから。

地下一階でエレベーターを降りると、想像していたような薄暗く殺風景な感じではなかった。

ブラケットライトでほどよい明るさになっていて、煌《きら》びやかなロビーとは違い、落ち着いた大人の空間だ。

エレベーターホールから数メートルのところにある重厚そうな扉を押し開けると、室内は横に長かった。

歩みを進めるとすぐにバーカウンターがあり、そこから見渡せるように数台のビリヤード台が設置されている。

「うわあ、広い。ここはビリヤードとバーが一緒になっているんですか？」

「そう。プールバー。会員制だからゲストとバーテンダーも顔見知りで、アットホームな居心地のいいバーだよ。時間がある時に来るんだ」

雄吾さんの私生活を垣間見ることができて、こっそり喜ぶ。

彼はカウンター越しに、バーテンダーの男性と和気あいあいと話をしている。会話が途切れたところで、雄吾さんに促されてカウンター席に並んで腰をかけた。

「春奈さん。なにをオーダーしようか」

「ええと、あっさりした軽めのものを」

「なら、そのまま伝えよう。きっと希望に合ったものを作ってくれるよ」

雄吾さんは慣れた様子でバーテンダーとまた談笑しながらオーダーを済ませた。

バーテンダーの男性は、カウンター内を移動して早速カクテルを作り始める。

バーテンダーの動きを数秒見た後、自然と後方のビリヤード台に目がいった。

「ビリヤード、好き？」

私の視線の先に気づいたらしく、ふいに雄吾さんに聞かれた。

「実は大学時代にハマってたんです。懐かしいな〜と思って眺めてました」

「そうなの？　じゃあさ。一杯飲んだ後、春奈さん、僕と勝負しない？」

急な話の展開に目を瞬かせる。雄吾さんを見れば、少年みたいにキラキラした瞳でこちらを見ていた。

雄吾さんの興味のあるものや好きなものを感じられて、自然と頬が緩む。

「いいですよ。でも、簡単なゲームしかできないかも」

「ベーシックゲームは？　知ってる？」

「はい。的球《まとだま》を多くポケットしたプレイヤーの勝ちってゲームですよね？」

十五個の的球を、より多くビリヤード台にある六カ所の穴に入れた人の勝ちという、一番シンプルなルールでわかりやすいゲームだ。

私たちは提供されたカクテルを三分の二ほど飲み終えたあたりで、ちょうどビリヤード台が空いたので移動する。キューを手に取り、久しぶりの感覚にわくわくしていたら、雄吾さんがけしかけてきた。

「勝負事だから、勝者にはなにか特典をつけようか」

「それはたとえば？」

興味はあるものの、詳細を聞かずに承諾はできなかった。

私の質問に彼はにっこりと笑う。

「なんでもいいことにしよう」

「んん？　どういうことですか？」

「相手のお願いをひとつ聞くことにしよう。どう？」

悪戯《いたずら》っぽく笑ったりもするんだ、などと頭の隅で考えつつ、こくりと頷いた。

「わかりました」

簡単に受け入れられるのは、雄吾さんなら突拍子もないお願いをしないと思ったから。それに一応私もビリヤードの経験はあるから、負けないかもしれないし。

「ハンデはプラス三点くらいでいい？」

「え？　ハンデもらえるんですか？」

予想外の提案にびっくりしてしまう。

だったら、かなり勝機が見えてくる。

雄吾さんは「もちろん」と頷き、球を並べ始めた。

「では遠慮なく。ありがとうございます」

そうして意気込み、ゲームを開始してから約三十分後。

勝負の結果は……私の惨敗。

ハンデのポイントを足しても六対十二で雄吾さんの圧勝。もらったハンデも無意味なほどだ。まさかここまで実力差があるなんて。

私はキューを両手で握り、ジトッとした視線を送る。

「ズルイです。雄吾さん、めちゃくちゃ強い」

雄吾さんの腕前は、ゲームの初めのブレイクショットで薄々気づいてはいた。

手球《てだま》を前に構える姿勢と、手球をついた直後の的球の弾ける音。それだけでもう、私とはレベルが段違いだとわかった。

「今日は集中力を発揮できただけ。さらに言えば、春奈さんが集中力欠けてたかも」

彼の言う通りだった。私は雄吾さんにこっそり見惚れ、自分の番になれば彼に注目されていると思うとドキドキして、ゲームどころではなくなっていた。

とはいえ、それを差し引いても私の負けには変わりなかったはず。

「勝負は勝負ですね。では、私ができることをひとつどうぞ」

ため息交じりに雄吾さんへ話しかけたが、彼はビリヤード台の手球を見つめたまま動かない。よく観察すると、僅かに眉根を寄せ、難しいことでも考えているようだった。

「雄吾さん？」

おずおずと名前を呼ぶと、雄吾さんはハッとして、こちらを見るなり苦笑いを浮かべた。

「あー、いや。〝お願い〟はやっぱりやめておく」

なにか気まずさでもあるのか、すぐにそっぽを向いた。そういう態度を取られるのは初めてだった。

色々な表情を知りたいと思っていたけれど、これは……嫌だ。

いつもまっすぐ私を見てくれる彼に顔を背けられると、想像以上に寂しくて悲しい。

「ああ。もうこんな時間か。そろそろ帰――」

何事もなかった体で取り繕う雄吾さんを前に、自然と身体が動いていた。

彼の服の裾を掴み、俯《うつむ》いた状態で懸命に声を押し出す。

「ごめんなさい。私はこのままじゃ、まだ帰れない」

「春奈さん……？」

彼の戸惑う声を聞き、勇気を出して顔を上げた。

今はちゃんと私を見つめてくれている。彼の瞳に自分が映っているのを確認して、これほど胸が高鳴るなんて。

雄吾さんの双眸に意識を引かれ、周りがなにも見えなくなっていた。

「好きです」

今日一日、あれだけ言うタイミングを探り、伝えられないと焦っていた言葉がするっと口から出てくる。ずっと心にためてきた想いが一気にあふれ出した感覚に、一種の高揚感を覚えた。

だけど、雄吾さんは虚を突かれた顔をして固まっているものだから、居た堪《たま》れない気持ちが勝って下を向く。

彼がデートに誘ってくれたのは、多少なりとも私に興味を持ってくれているからだとは思う。だからといって興味が好意に変わる確約はないし、ふたりで会う時間を重ねるにつれ、やっぱり違うなって思われることだって十分ありえる。

私はというと、雄吾さんと数回会って、すでに『いいな。素敵だな』と感じるところがたくさんあった。

トラブルに遭いそうな時には、瞬時に判断して穏便に解決してくれる聡明さと頼りがいを感じた。子どもとの交流もすごく自然で、安心感を与える柔らかな表情が魅力的。そうかと思えば、仕事の話をする際は凛々しい顔つきに変わる。

出会ってまだ数週間でこうなのだから、もしかするとこの先もっと雄吾さんに惹かれてしまうかもしれない。

雄吾さんが同じように想ってくれるなんて、奇跡的なことだと心のどこかではわかっていた。なのに、同様の気持ちでいてくれるのではないかと期待してしまう。

ぐるぐると考えを巡らせていた矢先、突然腕を掴まれて声を漏らす。

「えっ？」

雄吾さんはそのまま私を引っ張ってバーを出る。廊下の奥へ足を進め、死角へと連れ込まれた。狭く仄暗《ほのぐら》い隙間に入ったところで腕を解放される。

私は怖々と雄吾さんを見上げた。

「ふいうちだった。まさかあのタイミングで春奈さんから……って」

彼は想像したような険しい面持ちではなく、動揺交じりの照れくさそうな顔をしていた。その表情の理由が、はっきりとはわからなくて困惑する。

「す、すみませ……ん」

思わず謝った時に、彼に抱きしめられた。

いつもふわっと漂ってきていた彼の香水の匂いが、密着していることによって、よりいっそうわかる。

バニラの香りの中にちょっとだけスパイシーさが残る、セクシーな香り。爽やかな彼のイメージとは違うものの、そのギャップにドキリとさせられる。あれだけ飲んだワインよりも、彼の香りでほろ酔いになってしまいそう。

恍惚《こうこつ》としていると、彼は腰に回している手に力を込め、旋毛《つむじ》に色香が混じった声を落とす。

「好きって言われた瞬間、人目があるって必死に理性を働かせて抱きしめるのを我慢した」

彼の言葉に期待して、胸が早鐘を打つ。懸命に動悸を抑えながら、唇を動かした。

「ごめんなさい。どうにかして伝えなきゃって頭がいっぱいで、周りが見えてませんでした」

少し緩んだ腕の中から、彼を上目で見る。すると、暗がりでも彼の瞳は優しい光を灯《とも》していると わかって、鼓動がより激しくなった。

「いや。うれしいよ。周りが見えないくらい、僕のことを考えてくれてたってことだろう？」

雄吾さんは柔和に目を細め、クスッと笑い声をこぼす。そして私の腰をしっかりホールドして、コツンと額を合わせた。

「今日……せっかく楽しく過ごしているのにぎくしゃくしたら嫌だなと思って、別れ際に僕から同じことを伝えようとは思っていたんだけど、先を越されちゃったな」

甘酸っぱい空気に頭の中は大混乱。

うれしい。信じられない。恥ずかしい。どうしよう。

それらの感情がめまぐるしくエンドレスで巡っていく。自分の身体なのに、指一本でさえもうまく動かせない。雄吾さんの腕に包まれていなかったら、きっと立っていられないと思う。

雄吾さんは妖艶な笑みを浮かべ、右手を浮かせた。たったそれだけの動作で心臓が短いテンポのリズムを刻む。

なんだか見てはいけない気がして、さりげなく睫毛を伏せる。その途中、視界の隅に見えていた彼の手は、私の髪へと伸びてきた。

しなやかな指を髪に潜らせ、するすると掬《すく》うように毛先へ滑り落ちていく。些細《ささい》な髪の振動でさえも、すべてが敏感になっていて身体が甘く疼《うず》く。

「ああ。計画の詰めが甘かった。気持ちが通じ合った後、別れ難くなるところまで考えられなかった。うまくいくか確信はなかったし」

雄吾さんはひとりごとみたいにそう言い、髪に唇を寄せてちゅっとキスをした。途端に頬も耳も全部が熱くなり、ドキドキするあまり瞳が潤んだ。

「かわいい。初めて見る表情だ」

手の甲ですりっと頬を撫でられ、膝の力が抜けそうになる。

本当にどうしたらいいの？　自分が自分じゃないみたい。彼の声や指先だけでここまで翻弄されてしまう。だけど、それが嫌じゃない。むしろ……。

羞恥心と快楽の狭間《はざま》で理性が揺れて、無意識に雄吾さんを見つめて縋《すが》った。

彼は視線がぶつかるや否や、再び私をきつく抱き寄せた。刹那、低くしっとりとした声で耳朶《じだ》を打つ。

「春奈さん。やっぱりさっきの勝負での〝お願い〟今いい？」

ゾクゾクッと背中に電流が走るような錯覚に陥った。甘い痺《しび》れに声も出せず、私は頷くだけ。

するとと、頬に手を添えられ、真剣な両眼で顔を覗き込まれる。

「今夜、君を帰したくない」

好きな人から情熱的に求められると、胸の奥がきゅうっと鳴って締めつけられる。

最上階の部屋に行くまでもその後も、ずっとドキドキしすぎて苦しかった。

「ゆ、う……っン」

同じボディーソープの香りに包まれたかと思ったら、ベッドに押し倒された。名前を口にする暇もないほど幾度となく唇を奪われ、熱を帯びた快感がせり上がってくる。

「そんな蕩《とろ》けた目で見つめられたら……抑えきれなくなる」

余裕のない色っぽい表情と吐息交じりの低い声。肌を撫でる手のひら、刺激を与える唇。彼のすべてに反応して、自分が自分ではなくなる。

「君の全部を僕に預けて。その濡れた瞳や唇、髪の毛の先まで愛すから」

「ん、あぁ……っ」

「かわいい声。もっと、聞かせて」

彼からの愛情を全身に刻まれながら、私はひたすら幸福に浸っていた。

──時間もわからなくなった頃。

広いベッドなのに身を寄せ合って、ぼんやりとしていた。

なんだかまだ夢みたい。ふわふわした意識なのは、アルコールや眠気だけが理由ではないと思う。

雄吾さんに抱かれた感覚が全身に残っている。それがとてもうれしくて幸せで、ぼうっと反芻《はんすう》していた。

そうしているうちに、ふと疑問が浮かぶ。

「さっき」

「ん？」

彼の広い胸の中でぽつっとこぼすと、すぐに反応が返ってくる。

ちらりと雄吾さんを見上げて尋ねた。

「バーで、最初に言おうとしていたお願いありましたよね？　あれはなんだったのかなあって」

『やっぱりやめておく』と言って、続きを言ってはくれなかった。あれがちょっと気になり、聞いてみた。

雄吾さんはこちらを一瞥し、視線を泳がせた。よっぽど言いにくい内容だったのだろうかと考えあぐねていた時、ぼそりと答えが聞こえてくる。

「……『僕を好きになって』って」

思いもよらない言葉が飛び出してきて驚愕した。雄吾さんは頬をうっすら赤らめて口元を右手で覆い、気まずそうに続ける。

「さすがにゲームで、しかも命令的な流れで『付き合って』とは言えないと考えた結果、苦肉の策で浮かんで。でもそれも〝ないな〟って踏みとどまったんだけど」

雄吾さんが私を『かわいい』と言ってくれるように、私も彼が愛おしい。

思わず背中に手を回し、ぎゅっと抱きついた。

「――好き。雄吾さんが、好きです」

あれだけ言えなかったセリフを、今は何度でも伝えたくて仕方がない。

肌を合わせ、彼の胸に頬を寄せていると、雄吾さんからもちょっとテンポの速い心音が聞こえてきた。

瞼を下ろしてその音を感じていたら、ふいに身体が離され組み敷かれる。

「あぁ、もう。一生懸命、冷静を保とうとしてるのに」

私の顔に影を作りながら、雄吾さんは熱情に満ちた瞳でこちらを見下ろす。

「ごめん。もう、本当にかわいすぎて……無理」

かたちのいい眉が、きゅっと寄せられる少し苦しげな表情も好き。

そんなことを考えているのも僅かで、唇が重なり、瞬く間にまた抗えない高みに上らされる。

「ふっ、う……ん。あっん……ああっ」

どれだけ身体を捩《よじ》っても、彼は私を捕らえて離さない。背中から首筋、そして耳へと口づけられ、甘い吐息を漏らす。

急に雄吾さんの動きが止まった気がして、顔を向けた。

「僕は春奈の凛としたところや頑張り屋なところに惹かれたけど、そういう無防備な顔もすごく好き」

極上の笑顔でそうささやかれ、また心身ともに蕩けていったのだった。

3. 過ぎ去りし時間 ②

雄吾さんと恋人同士に発展してから、早いもので一カ月が経過した。

彼とは信じられないほど穏やかで安定した日々を過ごしている。

雄吾さんとの時間はとても心地いいので、きっと毎日でも一緒にいられると思う。

しかし、お互いに仕事もしているし、そう毎日会うことは叶わない。とはいえ、顔を見られない日が続いても不満はなかった。

スケジュール的にしばらく会えない時は、決まって雄吾さんが時間を作って一日一度は電話をかけてきてくれる。それで十分うれしい。

今日は日曜日。仕事はないが、雄吾さんとは残念ながら会う予定はなかった。

明日は午前中から遠方で仕事のため、前日のうちに移動すると聞き、会うのを遠慮したのだ。

そうして特にプランのない休日を迎え、正午を回った。

ワンルームの部屋でひとりコーヒーを淹《い》れ、そろそろ昼食を考えなければと思っていた時、スマートフォンの着信音が鳴り始める。

一瞬彼からの連絡を期待し、マグカップをキッチンに置いた。それから、急いでローテーブルに置いてあったスマートフォンを手に取る。

発信主の名前を見て驚いた。

「もしもし。海斗？　どうしたの？」

『おー、ハル。電話に出るの早いな。ってことは暇なんだろ？』

開口一番にこんな憎まれ口を叩くのは、弟の海斗だけだ。生意気な性格もあって、姉である私に対等な態度を取ってくる。まあでも根は優しいし、しっかりもしているから私も甘えることもあって、弟のそういう態度を咎《とが》めたりはしなかった。というか、物心ついた頃から両親の影響から名前呼びで、それが当たり前になっている。

「いつもはそんなことないんだから。今日はたまたま暇な日なの。なにか用？」

『じゃ、これから一緒にメシ食いに行こう』

「は？　なんでまた」

『暇なんだろ？　場所は表参道《おもてさんどう》。ハルのとこから乗り換えなしで来れる。着いたら連絡ちょうだい』

「えっ、ちょっ」

一方的に決められてしまった。ロック画面に切り替わったスマートフォンを見ていると、新着メッセージを受信する。

【一時集合。時間厳守】

「一時ィ⁉」

心に留めておけず、口から漏れ出てしまった。

準備時間、三十分もないじゃない！

ゆったり過ごしていたのに、海斗の連絡により急に慌ただしくなった。

その後、最低限の準備をして、急いで駅へと向かった。


海斗とは、お互いに東京で暮らし始めてから、大体ワンシーズンに一度は顔を合わせている。なんとなく、『元気かな？』と感じる頃に、どちらからともなく連絡をし合ってご飯を食べるような感じだ。

ベタベタするほど仲が良いわけではないが、良好な関係だとは思っている。横浜にいる両親も、私たちが定期的に交流しているのを知っているから安心らしい。

表参道駅に着いて海斗に電話をかけると、駅から近い商業ビルの五階にあるレストランへ来るよう指示が出た。

指定の店に着いてスタッフに話をすると、すぐに案内される。

「あ、来た」

テラス席に座って軽く手を上げる海斗と合流し、向かい側に腰を下ろした。

「もう。なんなの、急に」

「まあほら。これメニュー。好きなの頼んでいいよ」

海斗にメニューを渡されたものの、釈然としない。

私はメニューを閉じたまま、海斗をジッと見る。そして、理由を閃いた。

「あ！　もしかして、誕生日祝ってくれようとしてる？」

私の誕生日は六月九日。フライングだけど、銀行員の海斗も会社員の私も平日は仕事だから、休日に誘ってくれたんだ。

海斗は照れ隠しからか、ややぶっきらぼうにメニューを開いた。

「他になんの理由があるんだよ。早く注文するもの決めて」

海斗のこういうところは父親譲り。

父もいつも記念日や母の誕生日には仕事を早く切り上げて帰宅し、母にケーキや花を贈っていた。私たちが大きくなってからは夫婦ふたりで外食に行ったりしている。

もちろん、私や海斗のお祝いもしてくれていた。きっと、そういう姿を見て育ったから自然と行動に移せるんだ。

下心なくこちらがうれしいと思うことをしてくれるから、昔から女の子にモテるのだろう。我が弟ながら感心してしまう。

誕生日祝いとわかれば、遠慮なくごちそうしてもらおう。姉弟だから大体の食べ物の嗜好《しこう》はわかっているし、シェアもお願いしやすい。

私はメニューブックを捲《めく》りながら言う。

「テラス席、せっかくなのに曇ってるね。でもおかげで気温的には過ごしやすいかな」

「三日後くらいから梅雨入り予報だしな。しばらくこういう席はお預けか」

そして私たちはオーダーを済ませ、近況を報告し合う。

「最近どうなの？　やっぱり銀行員って忙しい？」

「まあまあ。人間関係でも特に悩まずに済んでるよ。俺、昔から処世術うまいほうだし。でもどの仕事も大変だし、ハルもそうだろ？」

「処世術うまいとか自分で言う～？　ま、人当たりいいのは事実だけどさ」

グラスの水を口に含み、元に戻す。その間、なんだかやたらと観察されている気がして、眉間に皺を寄せた。

「え？　なに？」

「なんか雰囲気変わった」

「変わったって、どんなふうに？　別に服とかも同じだと思うけど」

自分の格好を見ながら首を傾げる。念入りにメイクする時間もなかったし、そもそも海斗との待ち合わせでそこまでしない。強いていうなら、少し痩せたかな。仕事で受け持ちの担当が増えて、結構歩き回っているから。

　再び喉を潤そうとグラスを口元に持っていった時、海斗が急にこちらを指さした。

「わかった。男だ」

　そのひとことに、間髪を容《い》れずむせ込んだ。海斗が呆れ顔で返す。

「わかりやすい動揺の仕方するなよ」

「ご、ごめん」

「へえ。でもよかったじゃん。ハルももう二十代半ばだし、仕事に慣れてくると刺激もなくなってくるだろうし」

「そんなことないよ。仕事に慣れた部分もあるけど、やっぱり大変だもん。でもまあ、その……今度紹介する」

　気持ちが落ち着かなくて、グラスを両手で持ち水面を見つめたまま小声で言った。

すると、思いもよらない態度を取られる。

「俺はいい。曖昧な関係の人と、わざわざ挨拶交わしたくない」

海斗は瞼を下ろし、首を横に振った。さすがにムッときて、私はグラスをコン！とテーブルに置くなりテーブルに身を乗り出す。

「ちょっと。そういう言い方はないいんじゃない？」

「要するに、百パーセント家族になるって決めた後でいいってこと。単なる〝彼氏〟なら、会う必要はないって言ってるんだ。だって考えてもみろよ。毎回紹介されてたら、ハルが別れるたび気まずい知り合いが増えるだけだろ？」

悔しいけれど、海斗の言い分は納得できる。

「うーん。たしかに一理ある……けど雄吾さんとは」

「『とは』？　なに？　まさか特別だと？　だって前に会った時には彼氏いなかったよな？　つまり、まだ付き合って日が浅いってことだ。言っとくけど、人生に〝絶対〟はない」

ぐうの音も出ない。

『雄吾さんとは』――その後になんて言おうとしたの？　私。

まだ彼との関係は始まったばかり。当然まだ将来について、なにか話し合っているわけではない。

自分が独りよがりの願望を抱えていたのだと知り、恥ずかしくなる。

雄吾さんとは私にとって特別な出会いだった。だからって、どうして相手も同じだと錯覚していたのだろう。こんな浅ましい自分、嫌だ。

とはいえ、海斗も海斗で現実を突きつけるようなことを冷たく言い放たなくたって。せっかく数年ぶりに恋人ができたって報告したんだから、今日くらい祝ってくれてもいいじゃない。

私は頬を膨らませ、顔を海斗からふいっと背けた。

「ホント、弟じゃなきゃ、こうして一緒にご飯食べたりしてないんだからね」

「俺だって姉じゃなかったら、機嫌損ねるのわかっていてこんなこと言わないよ」

海斗をチラッと見れば、頭の後ろで手を組んで口を尖《とが》らせている。

言われた内容は正論できつかったけど、悪意があったわけではないとわかっている。だって、貴重な休日をわざわざ姉に割くような弟だもの。

「あーあ。雄吾さんも弟がいるみたいだから、海斗と仲良くなりそうかなって思ったのにな」

「あ。ハル、『弟がいる』ってわざわざ言うなよ。会いたがられたら面倒だから」

「わかったわよ。もうっ」

それから運ばれてきた料理を食べた後、私はしっかりデザートまでごちそうになったのだった。


次の土曜日。

海斗が言っていた通り、週の中日から見事に雨ばかり。季節柄仕方のないこととは思いつつ、やっぱり気持ちが憂鬱になりがちだ。

今日だって、雄吾さんとせっかく会う約束をしているのに、湿った空気で髪がうまくまとまらない。服や靴も雨のことを気にしなければならなくて、やっぱりストレスは感じる。

部屋の時計を見て、待ち合わせの午前十一時が近づいてきたのを確認する。

時間になったら、雄吾さんが私のアパートまで車で迎えに来てくれることになっていた。

傘を持ってアパートの階段を下りる。ワンタッチボタンで傘を広げ、道路の手前まで移動した。すると、ちょうど車が見える。

目の前に一時停車した車に、傘を閉じ急いで乗り込んだ。

「わざわざこっちまで来てもらってごめんなさい」

「いや。だって雨ひどいだろう？　ああ。乗るだけの少しの時間でこんなに濡れて」

雄吾さんは心配そうな面持ちで、私の濡れた頬を優しく拭った。

「大丈夫です。それにしても本当毎年のことなのに、この季節はどうしても憂鬱な気分になるのは否めないなあ」

「そうだね。代わりになにか楽しいことでもして気分を上げよう」

彼は私を一瞥するとニコッと笑い、車を発進させた。ハンドルを握り、前方を見ながら続ける。

「電話でも伝えてあるけど、今日はちょっと僕に付き合ってもらってもいい？」

「もちろん。文学館ですよね」

目黒《めぐろ》区にある約半世紀前に開館した歴史ある施設らしい。その昔、文学者や研究者の人たちが文学資料の保存などの必要性を感じ、そういう施設を作るべく精力的に活動していたとインターネットに書いてあった。しかし、今日の目的は文学館に併設されているカフェだ。

「館内のカフェは、フードメニューは多くないようだけど美味しいと評判だよ。もちろんコーヒーは言わずもがな、社内で訪問したことのある人が絶賛していた」

「そうなんだ。楽しみ！」

車で移動すること三十分ほど。近くにあるパーキングに車を停めた。

車から降りる際、シートベルトをはずすのにもたついていたら、雄吾さんが助手席側に回る。私が雨に濡れないように傘をさし、待っていてくれた。

「ごめんなさい。降りるのが遅くて」

「大丈夫。あ、傘は広げなくてもいいかな。すぐ近くだし歩道も狭いから、僕の傘に入って」

雄吾さんに言われ、私は傘を車内に置いて地面に足をつけた。

「ありがとう」

「どういたしまして」

交際して一カ月以上経ち、雄吾さんと一緒にいることにだいぶ慣れてきたと思っていた。しかし、今みたいな相合傘などはまだドキドキしてしまう。

肩が触れそうで触れない距離を保って、緊張しながら歩く。彼の言った通り目的地まではすぐに着き、適正な距離になった途端肩の力が抜けた。

言葉遣いは徐々に敬語をなくしていって順調だと思っている。けれども逆に慣れるどころか、緊張することはいまだにある。今だって、雄吾さんの近くにいるだけで心臓が早鐘を打ってうるさい。初めてのデート以上じゃないかと感じることもあるくらいだ。

「ん？ どうかした？」

雄吾さんをこっそり見ていたのがバレて、笑顔を向けられた。瞬間、胸がきゅっと甘酸っぱく締めつけられる。

「ううん。なんでも」

首を横に振って必死に取り繕う。

もうどうしよう。私ばっかりどんどん好きになっていっている。

「せっかくだから、文学館も回ってから行こうか。カフェは出口付近みたいだし」

「うん。あ、でも」

私が途中で言葉を途切れさせたものだから、雄吾さんは気になる様子で顔を覗き込んでくる。

彼の視線を無視することはできなくて、ぼそぼそと口を開く。

「実はそこまで文学に詳しくなくて。……いや。はっきり言っちゃうと無知で」

勉強はそこそこ頑張ってきたつもりだけれど、文学書はあまり触れてこなかった。

学生の頃は自分が目指す分野以外のことは必要ないと開き直っていた。でも、やっぱり得たものが多ければ多いほど、人との交流や人生が豊かになるんだ。なんて、今頃気がついても遅い。

知識や経験は、どれだけ積んでも無駄にはならないと痛感する。

若かりし自分を顧みて反省していると、ふわっと左手を包まれた。

「すべての知識を持っている人なんて、世界でごく僅かだよ。正直言って、僕も文学はそこまで詳しいわけじゃないから一緒」

こんな時も優しく完璧にフォローしてくれる雄吾さんが眩《まぶ》しい。本当、どうして私が彼の隣にいられるのか不思議になる。

「そうはいっても、多分私と比べると」

「知識をひけらかすために見学するわけでもないし。せっかくだからひとつでも興味をそそられるものを見つけよう、みたいな感覚はどう？」

素敵な提案をする雄吾さんはキラキラ輝いて見えた。

「それ、全力で賛同します」

右手をスッと上げて粛々と答える。雄吾さんは私の反応がツボだったのか、噴き出して笑い始めた。

「ふふふ。よし。じゃあ、僕もなにかしら学んで帰ろう。こういう分野は尚吾が得意なんだ。あ、尚吾って覚えてる？　僕の弟なんだけど」

「もちろん。水族館で同じ名前の子がいて印象的だった」

尚吾さんは本好きなんだ。それを言ったら、うちも海斗のほうが本を読んでいたな。……って話をしたいところなのに、海斗に口止めされているから言えない。

「尚吾は小さい頃から本ばかり読んでいて、どこへ行くにも必ず手に持っていた。そんなやつなんだ」

「へえ。そういう話を聞くと、ちょっとイメージ膨らむかも」

名前こそ知っていたものの、尚吾さんがどんな人なのかまではわからなかった。出かける際にいつも本を携帯して読書しているとなると、寡黙で真面目な人なのかな？　顔立ちはきっと雄吾さんに負けず劣らず美形だよね。うん。なんだかそこはわけもなく自信がある。

ひとりで空想に耽《ふけ》っていると、雄吾さんが私の手を引き歩き出した。

「そのうち紹介するよ」

彼のひとことに頷き、いつか来るであろう未来に胸を弾ませた。

その後、館内を回り終え、目的のカフェでひと息つく。

私は定番のカフェラテとホットサンド。雄吾さんはホットコーヒーとホットドッグをオーダーした。

「これ、ゆで卵じゃなくてスクランブルエッグなんだ。すごく美味しい」

パンの焼き加減が最高だし、サンドされている卵が絶品。

「へえ。やっぱり人気があるわけだ」

「ひと口食べる？　同じ卵でもこんなふうに変化あるんだ〜ってなると思……」

話の流れで、何気なく手に持っていたホットサンドを雄吾さんへ差し出した。すると、ふいに彼が上体を前に倒し、顔を近づけてくる。

伏せられた長い睫毛と、前髪の生え際が間近に見える。時間差で彼の香りがふわっと鼻腔に届き、ますます緊張してホットサンドを落としてしまいそうになる。

てっきり手渡しで受け取って食べると思っていたため、予想外の行動にどぎまぎする。

「ん、美味しい。たしかに触感がふわっとしてるね」

私の動揺に気づいていない雄吾さんは、なにもなかったように感想を口にした。

そこまで騒ぐほどのシチュエーションではなかったのかもしれない。けれど、恋愛にブランクのある私にとってはふいうちの出来事だった。

茫然と固まっていると、彼は私の様子を見て別方向に解釈したらしく、ホットドッグを持って差し出す。

「ああ、こっちも食べる？」

「ううん！　だ、大丈夫！」

今さら間接キスがどうのこうのと騒ぐわけじゃないが、ちょっとこの流れでは受け取れない。心臓がうるさすぎて、飲もうとしたカフェラテだってこぼしそうだもの。

心を落ち着けるべく、とりとめのない話題を出す。

「それにしても雄吾さん。詳しくないなんて嘘。ほとんどの著名人についてしっかり頭に入ってた」

館内の展示物や書物を見ていた時、首を傾げる私の横で、熱心に頷きながら観覧していた。

雄吾さんは苦笑交じりに言う。

「んー、案外記憶に残ってるものだなあと自分でも驚いた」

謙遜することもなく、さらりと肯定しても、決して卑屈な気持ちにはならなかった。むしろ、そういう嫌味にならない雰囲気は彼に惹かれた理由のひとつ。

「やっぱり博識だなあ。コーヒーや建築物、文学まで。プライベートで自然とそういうところが垣間見えるんだから、雄吾さんってオフィスでは敏腕で社内だけでなく取引先からも頼りにされていそう。私とはやっぱり違う」

比較対象はどうしても自分になるから、雄吾さんとの歴然としたスペックの差がちょっと不甲斐ない。

「そんなことは」

「だからまずは視野を広げることなんだなってつくづく感じたし、もっと積極的になろうと思ったの。いろんな場所に行って苦手意識を捨てて飛び込んでみたり。まさに今日みたいにね」

彼は大企業の上に立つ人間なのだから、些細な部分でも違いを感じるのは仕方がない。それを僻《ひが》んだり、やっかんだりする必要もない。雄吾さんが、それだけの努力をこれまで重ねてきただけのこと。どれだけ実家が立派で有名でも、人脈や知識や信頼は自動的に得られるものではないもの。

むしろ、私には想像もできない環境で、プレッシャーの中きっとすごく頑張ってきたのだと思う。そういう雄吾さんを人として尊敬し、少しでも見習って自分を磨いていけたらいいなと密かな目標を抱いている。

「気長に待っていて。雄吾さんに追いつくとまでは言わないけれど、近づく努力はしたいなって思ってるから」

雄吾さんはジッと私を見つめたのち、手にしていたホットドッグをお皿に戻してゆっくり口を開く。

「僕のことをそんなふうに目標にしてくれるのはとても光栄だけど、僕は待っているだけなの？」

「えっ？」

雄吾さんが頬杖をつき、横を向いてしまった。その横顔に『拗《す》ねてる』って書いてある気がして、自然と身体が前のめりになる。

「ええと……具体的になにをしたらいいかとか……まだ全然で」

たどたどしい話し方になってしまい、すごく恥ずかしくて俯いた。

「うん。じゃあ、一緒に試行錯誤する？　僕が役立てることがあれば協力するし」

漠然とした発言にもかかわらず、彼は笑うどころかこうして真正面から受け止めて寄り添ってくれる。

結局、いつでも彼に甘えてしまって……。いいのかな？　これじゃあ、いつまで経っても憧れの存在である雄吾さんに追いつかない。だけど――。

「……雄吾さんの迷惑じゃないなら」

ぽつりと呟くようにして答えると、テーブルの上に乗せていた手に彼の右手がそっと重ねられた。

「迷惑？　僕がそんなふうに思うとでも？」

周囲に人がいることも忘れ、視界には雄吾さんしか映らない。

彼もまた、この場所に私しかいないと思っているのではないかと錯覚するほど、まっすぐに見つめて目を逸らさなかった。

「僕は強い心を持って懸命になにかを頑張る春奈の姿に惹かれたんだ。その姿を間近で見て応援できるなら、こんなにうれしいことはないんだよ」

彼からストレートな言葉と想いを受けて、鏡なんかなくとも自分の頬が紅潮しているのがわかった。

「覚えておいて?」

「はい」

ぎこちなく首を縦に振ると、彼は「ふっ」と笑って手を離した。


文学館をあとにして、渋谷《しぶや》に立ち寄り買い物を楽しんだ。

並んで歩いていたら、雄吾さんに視線を送っている女性が多いことに改めて気づかされる。これまでもそうだった。彼を目で追った後、決まって流れるようにこちらをジロジロと見るのだ。

そういう女性たちに対し、現段階では不快感や嫉妬心よりも、同調の気持ちが大きいかもしれない。

まあ、たしかに隣にいるのが私だとね、という同調だ。

「春奈は明日も休みでしょ？　予定はない？」

雄吾さんの生活雑貨の買い物を終え、エスカレーターに乗っている時に聞かれた。

宙を見つめ、家の冷蔵庫の中身を思い出しながら答える。

「うん。明日は食料の買い出しくらいかな？」

「春奈はきちんと自炊しているんだもんな。僕も見習わないと」

「うーん。きちんとかどうかは」

「そうだ。もし春奈がよければ、今夜僕の家で一緒に料理しない？　ちょうど調理グッズも買ったことだし」

「えっ。いいの？」

雄吾さんの家にはまだ訪問したことがない。

どんな部屋なのかなあ、なんて想像したりはしたけれど、まさか今日誘ってもらえるとは思っていなかった。

驚く私を見て、雄吾さんはくすくすと笑う。

「どうして？　いいに決まってるだろ。僕が提案したんだし」

すでに恋人同士だから、おかしなことではないのだろう。でも、緊張するものはする。まして事前に誘われたわけではなく、急な展開だから余計に。

でも、緊張を上回るくらいに楽しみだしうれしい。

「じゃあ、お邪魔させてください」

あえて丁寧な言葉で言って、深々頭を下げる。

「うん。ぜひ。なにか食材を買って帰ろうか」

そうしてふたりで献立を考えながら買い物を済ませ、車で雄吾さんの自宅へと移動したのは午後六時過ぎ。

閉鎖されていたゲートがセンサーで反応したのか、自動で左右に開く。車を停めてエントランスを通った後も、まるでどこかの高級ホテルのようなオシャレな造りに感嘆の息がこぼれ落ちた。

柱や照明をくっきりと映し出す磨かれた大理石のフロア。悠々としたロビーにはコンシェルジュが待機し、ラウンジがあって、こういう住まいでの生活スタイルが想像できなかった。

圧倒されっぱなしの私とは違い、雄吾さんはにこやかにコンシェルジュと挨拶を交わしてエレベーターホールへと歩みを進めた。エレベーターに乗り込み、上昇している時に思わず呟く。

「今のところ、生活感がまったくない……別世界に来たみたい」

「共用スペースは管理が行き届いているからね。家の中はそこまでもないと思うよ」

そう言って笑う雄吾さんは、最上階である二十四階に到着すると、『開』ボタンを押していてくれた。

それからすぐ玄関前に到着した時に、彼がキーどころかボタンも押したりせずにドアノブを握った。同時に、小さくカチャンと解錠された音が耳に届く。

「わ。え？　鍵って……」

「ああ。スマートフォンやスマートウォッチで施錠や解錠ができるんだ。僕はスマートウォッチ」

説明しながら左腕の腕時計を見せてくれた。

「うわあ。便利だ～」

「本当だね。中にどうぞ」

中に入る直前に広々とした空間なのが見えて、玄関からもう部屋の大きさを窺えた。だってシューズクロークを合わせたら、私のワンルーム近くある広さだと思う。だとしたら、リビングや他の部屋はこの玄関に見合った広さに違いない。

「お邪魔します」

雄吾さんの誘導でリビングルームへ向かう。一歩入るなり、窓からの開けた景観に自然と声が出て顔が綻んだ。

もう日が傾き薄暗く、雨もあって霞《かす》んで見える。でもそんな中に街の灯りがぼわっと映る景色が幻想的。

ふいに窓に映るインテリアが目に入り、身体を反転させた。

三人がけの革張りのソファ。その正面には大きめのテレビが壁付けされている。

リビングには球体の柔らかな印象を与える白いランプシェードがあり、その近くにはスピーカーが天井に埋め込まれているのに気づいた。テレビのサイズも一般的な家庭が選ぶものよりも大きいし、映画を観たりもするのだろう。

そして、なにより雄吾さんらしいなと感じた場所がソファの後方のスペースだ。

ウォールシェルフにぎっしりと並べられた経済紙やビジネス本の数々。そこにちょっと丸みを帯びたレザーと木材を合わせた、スタイリッシュなデザインのひとりがけの椅子。オットマンもセットで、サイドテーブルもある。

あの四畳半ほどの空間は、雄吾さんのプライベートそのものだと思った。

「少し休んでから作ろうか?」

「いや！　大丈夫。というか、むしろ一度座ったら、なかなか再エンジンがかからないから。私が」

自虐交じりに答えると、雄吾さんは「たしかに」と同調して目を柔らかく細めた。

ふたりでキッチンに入り、手を洗って買ってきた食材を調理台に並べる。雄吾さんとスーパーでなにを作ろうかと話しつつ、メインはグラタンにすることになった。

いざ、と思った直後、ハッと気づく。

「あっ。エプロンがない」

自分の服は汚れないよう注意を払うとして、自分だけの食事ならまだしも雄吾さんもいるのに衛生面的に気になる。

なにか代用できるものでもあったかと考えていると、背後からふわっとなにかを被せられた。下を見ると、着せられたのは黒いエプロンだった。

「気がつかなくてごめん。これ使って」

「ありがとう」

少しサイズが大きめのエプロン。きっと雄吾さんのものだろう。

「雄吾さん、料理するんですね」

「たまにだけど。凝ったものは作れないし、焼くだけ煮るだけ、みたいなものだよ。

エプロンは、ワイシャツが汚れないようにね。あー、ちょっと紐が長いか。春奈、そのまま動かないで」

雄吾さんが後ろから腰紐をウエストに一周させる。

「春奈は細いからなあ」

急な密着状態に硬直して動けない。肩の辺りに雄吾さんの顔があって、彼の髪が首筋を掠《かす》める。

くすぐったさを感じるのはほんの一瞬だけ。その後は、耳元で聞こえる声や触れそうで触れない手に、変な感情が湧き上がってくるのを必死に抑える。

紐を結び終えた雄吾さんは、こちらの葛藤など知らぬ顔で調理に戻った。

私は火照った顔に気づかれないように、煩悩を振り払う一心で玉ねぎの皮をむき始めた。

グラタンをオーブンに入れて焼き上がるまでの時間、雄吾さんが紅茶を淹れてくれた。その間、私は立ったままリビングをもう一度眺める。

「座らないの？　紅茶用意できたよ」

雄吾さんはカップを持って、コンパクトなダイニングテーブルに置いた。

円盤のかたちをしたふたり用のダイニングテーブルは、モデルルームくらい広いリビングやダイニングに置くには、ややミスマッチで意外だった。

「あ、テーブル狭いかな。ごめん」

雄吾さんは申し訳なさそうに言って、ダイニングチェアに座った。

「ううん。ふたりくらいならちょうどいいと思う」

「誰かがうちに来て食事をすることもないし、ひとりで軽く食事をする程度でしか使わないから」

その言葉を疑う余地などない。

さっきも思ったけれど、部屋のそこかしこに雄吾さんがどう過ごしているか、そんな光景がありありと目に浮かぶのだ。

私は彼の向かい側に腰をかけ、紅茶を前にお辞儀をする。

「いただきます」

「どうぞ。そうだ。紅茶飲んで少し待ってて」

いそいそと席をはずす姿を首を傾げて見送ると、数分後に紙袋を持って戻って来た。

「先週末の出張先で買ってきたおみやげ」

「えっ。おみやげ？」

まったく予想していなかったから、目を丸くした。

雄吾さんは再び席に着くと、紙袋から長方形の箱型のものを出す。

シックなダークブルーの包みにオフホワイトとシルバーのサテンリボン。私の中での〝おみやげ〟のイメージとは、かけ離れた見た目に戸惑った。

「これ、本当に出張みやげ？」

「そうだよ。三重《みえ》の伊勢志摩《いせしま》に行ってきたんだ。開けてみて」

雄吾さんに促され、受け取ったおみやげの包装を丁寧に解く。箱のふたを開けると、ひと粒真珠のネックレスが入っていて驚倒した。それはもう、声も出せないほどの驚きだ。

「三重県は真珠発祥の地と言われているんだ」

「そ、そうなんだ……。でもこれ」

真珠ってこんなに綺麗なものなんだ。すごく高そう。

上品でシンプルなデザインだから普段使いも仕事でも使えそうだけど、こんなに素敵なものを簡単に受け取ってもいいのだろうか。

茫然として箱の中身を見続けていたら、ぽつりと聞かれる。

「こういうデザイン、あまり好きじゃなかった？」

「ううん！　そうじゃなくて。おみやげって言うより、プレゼントみたいなもので驚いたの。デザインはすごく好み」

「ならよかった。貸して？」

雄吾さんは箱を手に取ると、スッと立ち上がって私の後ろに移動する。そして、おもむろにネックレスを着けてくれた。

後ろ姿とかうなじとか、無防備なところを見られている気がして落ち着かない。雄吾さんは、覗き込むようにして装着したネックレスを確認する。

「ああ。想像した通り、似合ってる」

まるで自分のことのように顔を綻ばせてそう言うものだから、思わず笑ってしまった。

「ふふ。ありがとう。そう言ってもらえてうれしい。誕生日プレゼントみたい。ちょうど――」

照れくささからなにかを喋《しゃべ》らなきゃと気にしすぎて、余計なことを口走った。すぐに気づいて口を噤んだものの、雄吾さんがきょとんとして質問してくる。

「ちょうど？」

「あ、ううん。ごめん。今のなし」

しどろもどろになってうまく取り繕えず、視線を逸らした。しかし、彼がさらに追い詰めてくる。

「春奈。誕生日っていつ？」

もう絶対雄吾さんは勘づいている。

観念した私は、俯いたままぽつぽつと答えた。

「この間の木曜日……で。あれなの。自分からそういう話わざわざ切り出せないし、雄吾さんもちょうど仕事だって聞いて、気にさせるくらいなら言わなくてもって」

自分でも下手な弁解だと思う。もう少しうまい伝えようがあったのだろうけれど、心の準備もできなかったから。

一向に反応がなく、いよいよ怒らせたと確信し、恐る恐る彼を振り返る。そろりと目線を上げて視線がぶつかると、雄吾さんがこれまで見たことのない厳しい顔つきをしていた。

「それ、逆の立場でもそう思える？　僕が春奈に遠慮して、誕生日や大事なことを伝えなくてもいいって？」

指摘されて想像する。自分のことは後回しにしてもどうとも思わないが、彼が気を遣ってずっと誕生日を伏せていたら悲しい。

冷静になって反省し、首を横に振った。

「よくない。ごめんなさい」

自分の誕生日を相手に伝えたら、まるで祝ってほしいみたいで重荷になるかとネガティブな方向でしか考えられなかった。普段から自分に関する記念日とか重要視しない上、恋人ができたのも久しぶりすぎてこんな単純なことを間違えた。

落ち込んで肩を落としていると、後ろからふわりと抱きしめられる。

「わかってくれたなら許す。そして、改めてちゃんとお祝いしたい」

耳の近くでささやかれ、体温が急激に上がるのを感じる。私はカチコチになりながら、テーブルの上のネックレスの化粧箱を見て言った。

「いや、もうこれで十分すぎるお祝いになるから……それになんか、まだ目の前にも袋が」

化粧箱の奥に細長い紙袋があって、咄嗟に指摘してしまった。すると、雄吾さんは手を離し、その紙袋を取る。

「そうだ、お酒も買ってきたんだった。あー、でも失敗した。シャンパンにすればよかったな。そうしたらケーキと一緒に楽しめたのに」

「お酒？」

また意外な言葉が飛び出してきて目を瞬かせた。

「純米大吟醸。フルーティーなんだけど舌触りはしっかりとしていて後味は軽やかだから、女性に人気らしい。春奈、前になんでも飲める口だって話してただろう？　一緒に飲みたくて」

雄吾さんは紙袋からお酒の入った箱を見せつつ、ちょっと照れ交じりに笑った。

ふいうちで見せたその顔がかわいくて、無意識に雄吾さんに見入った。

「なに？」

「雄吾さんって、時々すごく子どもっぽく笑うから。かわいいなあって」

包み隠さず感じていたことを説明すると、彼は一瞬固まってその後耳をうっすら赤くした。私はその反応すらも普段のスマートな彼からは想像できないから印象的で、ますます目が離せなくなる。

恥ずかしそうに横を向く雄吾さんを夢中で見つめていると、彼はふいにこちらを見た。そして、上半身を屈《かが》め、照明を遮り私の顔に影を落とす。

見上げた先の彼はすでに子どもっぽさなどすっかり潜めてしまって、大人の表情を浮かべている。

「雄吾さ――」

「かわいいのは春奈のほう」

艶っぽい微笑みでささやいて、頬に手を添える。そうしてさらに鼻先を近づけてくると、綺麗な濃褐色の双眸で私を捕らえて身動きを取れなくする。

「お酒。ふたりで飲もうか？って言ったんだよ？　飲んだら僕は運転できないし、もう遅いから春奈をひとりでタクシーに乗せるのも心配だ。だから、泊まっていってね。明日、予定ないんだろう？」

したり顔で流暢《りゅうちょう》に状況を並べる雄吾さんに、どぎまぎするばかり。

「えっ？　で、でも雄吾さんの予定……」

「僕も予定を入れないようにした。先週会えなかった分、春奈とゆっくり過ごしたいと思っていたからね」

彼はいつもの優しい笑顔でそう説明する。

頬を撫でる手つきや今にも口づけられそうな距離感に、胸は高鳴る一方。堪らず視線を落としたものの、彼の大きな手のひらに顔を包まれて逃げきれない。

「あれ？　春奈、まだ飲んでないのに顔が赤いよ」

私は火照った頬のまま、ぽつりとこぼす。

「……狡《ずる》い。理由なんて、本当は気づいているんでしょう？」

恥ずかしさで潤んだ瞳をゆっくり彼に向けると、うれしそうに口元を緩めていた。

「うん、気づいてる」

彼はそう答えるや否や添えていた手で顔を上向きにし、唇を奪う。

物腰の柔らかな彼からは想像もつかないほど情熱的なキスは、これが初めてではないのにいまだに翻弄される。

「――んっ、はぁ」

何度も角度と触れ方を変えて繰り返される口づけは、私を簡単に酔わせる。

きっと、どんなに強いお酒だって敵《かな》わない。こんなふうに気持ちよく恍惚とさせるのは、彼だけ。

私は彼の首に手を回し、すべてを受け入れながら自然と口から言葉がこぼれ落ちる。

「ゆ……ご、さ……好き」

こんなに誰かに溺れた記憶がない。

どうしよう。彼の存在が私の中で大きくなっていくばかり。このままだと、彼なしではいられなくなるかもしれない。

ぎゅっと腕に力を込めると、彼はそれに応えるように深く口づける。そして、そっと距離を取った直後に耳元で言われる。

「僕も……好きだよ」

一瞬よぎった不安さえも彼の甘い声でかき消され、そのまま彼の腕に抱かれた。


約一時間後。先にベッドから降りて部屋を出ていた雄吾さんが戻ってくる。

「せっかく作ったグラタン、少し冷めてた。ごめん」

彼はしょげた感じでそう言って、ベッドの脇に腰を下ろす。私はむくりと上半身を起こした。

「ううん。なんていうか……連帯責任？」

私だって、グラタンを焼いていたことなどすっかり頭から消え去っていた。雄吾さんだけに原因があるわけではない。

「ふふ。春奈は本当に真面目で思いやりのある人だよね。こういう時は、僕のせいで料理が冷めたって怒っていいんだよ」

雄吾さんは私の頭を撫でて、優しく笑った。

「だけど、雄吾さんで頭がいっぱいになってグラタンのこと忘れてたから。ほとんど、私の希望っていうか意思っていうか。だから……なんだかごめんなさい」

そういう雰囲気になりかけた時から、きっと私は彼を求めて夢中だった気がする。

雄吾さんに触れたくて、触れてほしくて……そればかり考えていた。

雄吾さんは、積極的な女性ってどう思うんだろう。あまり大胆な行動をしすぎないほうがいいのかもしれない。

「んっ」

すると、ふいうちのキスが落ちてきてどぎまぎする。その口づけはいきなり力強くて、起き上がったばかりの身体が再び横になってしまった。

「僕のことで頭がいっぱいだったなんてセリフ、すごくうれしい」

真上から見下ろし、顔を綻ばせる雄吾さんにドキッとする。

ついさっきまで熱く抱いてくれていたのに、私ときたらまた彼がほしいと頭をよぎってしまうのだから重症だ。

身体が火照るのを感じ懸命に理性で鎮めようと努力していると、雄吾さんが体勢を直して立ち上がった。

「今、お風呂にお湯をためているから。グラタンは後でもう一度温め直して食べよう」

「うん」

私は平静を装って返した。

「お湯がたまるまで春奈はもう少し横になっていて。その間、僕はシャワーで済ませてしまうから」

「え。入らないの？」

わざわざお湯を張ってくれたなら、雄吾さんも入ったらいいのに。

勢いよく起き上がって問いかけた拍子に身体にかけていた布団が捲れ、慌てて両手で押さえて隠した。

雄吾さんはクスッと笑って、柔らかな声で答える。

「今日はね。今度は一緒に入ろうか」

「いっ、しょって……！　それは……」

「ははは。とにかく、このまま休んでて」

彼の返しにしどろもどろになると、楽しげに肩を揺らして笑われた。

結局私は頬を熱くしながら、雄吾さんの言う通りそのままベッドに待機していたのだった。


ゆっくり入浴させてもらった後に、ようやく食事にありついた。

私たちは和やかに談笑しつつ、一緒に作った料理を食べ終える。

「美味しかったあ！」

「本当に。サラダも春奈のお手製ドレッシングがさっぱりしてですごく進んだ」

基本は私が普段作るレシピで進めたはずなのに、グラタンやサラダなど全部がいつも以上の味に感じられた。一緒に食卓を囲む相手によって感じ方が変わるということだろうか。とにかく、とても美味しかった。

お腹も心も満たされていた時、ハッと思い出す。

「あ！　さっき話してたお酒、飲み忘れたんじゃ」

雄吾さんが、一緒に飲みたいと買ってきてくれた肝心なものを忘れていて慌てる。

「ああ。あれはこれから飲もうと思っていたから平気だよ。春奈、お腹に余裕ある？デザートもあるんだけど」

「デザート？　いつの間に？」

一日一緒に行動していて、そういったものは買っていないことはわかっている。

じゃあ、なにか事前に？　おみやげの中のひとつかな？

どんなデザートなのかと想像を巡らせていると、雄吾さんがちょっと照れくさそうに言った。

「実はさっき春奈がお風呂に入っている間にね。近くにショップがあるのを思い出して、車で行ってきた」

「え！　嘘！　さっき？　全然気づかなかった」

まさか、入浴中のことだったなんて、さすがに思いつかなかった。

あまりの衝撃に目を丸くしていると、雄吾さんがキッチンまで足を向け、冷蔵庫から箱を取り出す。そして、中身をちらりと見せてくれた。

「わあ、フルーツタルトだ！　ジュレがキラキラして綺麗！　美味しそう～」

こぼれんばかりの色とりどりのフルーツが乗ったタルトは、今しがた夕食を終えたばかりだというのに素直に『美味しそう』と思ってしまう。

「おみやげのお酒、フルーティーな口当たりだからフルーツ系ならスイーツでも合うと思ってね。簡易的な感じになったのは否めないけど、今日お祝いしたくて」

こんなに私を大事に思ってくれているのに、誕生日を隠そうとしたことを思い出して申し訳なくなった。

「どうもありがとう。すごくうれしい」

心苦しい気持ちの代わりに、お礼を伝えた。すると、雄吾さんは目尻を下げて「どういたしまして」と受け止めてくれた。

「ろうそくももらったよ」

「えー。照れるなあ。ろうそくを吹き消すなんて、いつぶりだろう」

「用意するから主役は座って待ってて」

そうして、フルーツタルトとカトラリーを用意してくれた。ろうそくに火を灯され、面映ゆい気持ちで吹き消す。

「遅れてしまったけど、改めましておめでとう」

「ふふ。ありがとう」

大好きな人に特別な誕生日のお祝いをしてもらい、幸せを噛みしめる。

「来年の春奈の誕生日は空けておくから、ちゃんと当日にお祝いさせて」

「当日にこだわりはないよ。その気持ちがうれしい」

雄吾さんの当たり前のように来年もそばにいてくれるような発言が、なによりもうれしいプレゼントだ。

「僕が春奈を一番に祝いたいっていうエゴみたいなものだから」

「じゃあ、来年も楽しみにしてる」

その夜は、美味しいフルーツタルトで楽しくお酒を酌み交わした。

雄吾さんと付き合い始めてもうすぐ五カ月。今日で九月も終わりだ。

彼の存在はすっかり生活の一部となり、衝突することもなく交際を続けている。ただ、ここ数週間は雄吾さんが多忙のため、以前よりもさらに会う回数は減っていた。

「お。その経済誌、俺も昨日読んだよ。またあの人、載ってたよな」

「あの人？　俺まだ読み始めたばっかりでわかんないや」

出社後、すでに席に着いていた先輩社員ふたりが楽しそうに雑談を交わしていた。

私の席からそこそこ近い距離なのもあり、聞き耳を立てずとも勝手に会話が耳に入ってくる。

「貸して。ほら、ここ。リアルエステイト楢崎の御曹司。楢崎雄吾」

私はノートパソコンを起《た》ち上げながら、聞こえてきた言葉に固まった。

最近心なしか、周囲から彼の名前をちらほら聞く機会が増えたように思う。

「ああ！　この前ここのグループ会社が大量にうちの商品仕入れてくれたんだっけ。ていうかすごいな。この人、今年三十一歳ってことは俺たちと同い年《タメ》？　それでもう一企業の首脳部って言うんだから。生まれ育った環境が違うと、実力も住む世界も違うね！」

身近で雄吾さんの名前が飛び交うわけは、うちの会社が雄吾さんのところのグループ会社と関わりを持つようになったのもある。

「しかも、嫉妬心さえ持てないほど顔もよすぎる。清々《すがすが》しいほどだよ。なんかもう、雲の上の存在」

背中越しに会話を聞き、複雑な心境に陥る。

彼と出会って間もない頃は、私も先輩たちと同じようにただ尊敬していたと思う。実際、彼と会っている時にも『すごい人なんだな』って何度も思ってきた。

そのうち、世間で優秀な後継者と騒がれている〝楢崎雄吾さん〟と、私と一緒にいる時の〝雄吾さん〟は別人なのではないかと思うことが多くなった。

だって彼はいつでも無理なく合わせてくれる。御曹司とか次期社長とかそういう肩書きを感じさせない。

それでも時々こんなふうに他人から彼の噂を耳にすれば、ふと、なんでも揃っているあんな人が本当に自分の恋人なの？と不安がよぎる。

意識的にではなく無意識に、ふいに襲われるのだ。会う機会が減っている現在だと、なおさらに。

そして、そのたび彼からもらった真珠のネックレスに触れ、現実なのだと確かめる。

今日も今日とて、私は私の仕事を頑張るのみ。

今夜は久しぶりに彼と会える予定なのだから。

夜になって職場を出た時、ちょうど雄吾さんから電話がかかってきた。

今日は仕事の後にデートをする予定だった。でも、このタイミングの着信に不穏なものを予感する。

「もしもし、雄吾さん？」

『お疲れ様。春奈、ごめん。急遽父の代わりにレセプションパーティーに向かわなきゃならなくなって。今夜も会うのは多分難しいかもしれない』

普段よりも若干早口で事情を説明するところから、よっぽど急な話で慌ただしいのだと察した。

「私のことは気にしなくていいよ。また今度にしよう？　連絡するから。じゃあ、急なことなら準備も大変だと思うし、通話切るね。頑張って」

『本当にすまない。必ず今夜中に連絡入れる』

「わかった。でも無理しないで。大丈夫だから」

最後まで申し訳なさそうに謝る雄吾さんに気を遣わせないようにと、こちらも最大限配慮して気丈に振る舞う。通話を終えてから「ふう」と息をついた。

今日も延期かあ。始まりからトントン拍子だったのもあって、ここに来て見えない壁にぶつかっている感覚になる。まあそれも、私が勝手にそう感じているだけで、雄吾さんはなにも思っていないだろうけれど。

予定が白紙になった私はこのままっすぐ帰る気になれなくて、たまたま目に留まった書店に立ち寄った。

店内をうろうろと見て回っていたら、今朝先輩たちの話題にのぼっていた経済誌を見つけ、吸い寄せられるようにその雑誌に手を伸ばす。パラパラとページを捲ると、雄吾さんが見開きで特集されていた。誌面で見る彼は、なんだか知らない人みたいに映る。

私は雑誌を閉じて棚に戻し、書店を出た。

彼の秀でた容姿は出会った瞬間に実感した。見た目だけではなく、彼の家業に加え彼自身も素晴らしい肩書きがあり、才能を持っていることも早い段階で知った。

でもやっぱり、私の中で彼の一番の魅力はそれらではない。

惹かれるべきところは、置かれた立場に決して胡坐《あぐら》をかかず、どんな仕事にも誰にでも真摯に向き合う人というところ。

休日にかかってきた秘書からの電話には嫌な態度も取らずに丁寧に対応するし、出かけた先で困っている人を見かけたら率先して手を差し伸べる。そういう行動をごく自然に取れるのは、これまで人に優しく常に周囲を見て、考え続けてきた努力の人なのだと想像する。

そんな人だから、業界ではあれだけ有名であっても一緒にいられる。

彼が細やかな配慮をしてくれるから、彼の隣にいられるのだ。

対して私はと言えば、どう頑張っても彼と同じようにはできない。ならばせめて邪魔をせず、彼といる時にはいつも笑顔でありたい。

頭の隅でずっと雄吾さんのことを考えながら時間をつぶし、帰宅したのは三時間後。

バッグを置いて手を洗い、ソファに腰を下ろす。ちらりと掛け時計を見やると、午後九時を過ぎていた。

今から自分の分だけ食事を用意して食べるのは面倒だな。なんだか今日はやる気がどこかへ行ってしまった。ご飯は食べられなくても、せめてお風呂は入らなきゃ。

重い腰を上げ、お風呂の準備をする。その後、ゆっくりと湯船に浸かって癒された。

バスルームを出て、ルームウェア姿で髪を拭きながらリビングに戻る。ちょうどそのタイミングで電話がかかってきた。雄吾さんだ。

「はい。もしもし」

『あ、よかった』

「ん？　よかった？」

首を捻りながら、スマートフォンを利き手に持ち直す。

『いや、ちょっと前に送ったメッセージに反応がなかったから。なにかあったのかなと少し心配になって。いつもなら起きている時間だったから』

「え？　ちょっと待って……あ、本当だ。ごめんなさい。長風呂してて」

通話のまま新着メッセージを確認すると、約一時間前に雄吾さんから連絡があった。私がお風呂に入った直後にメッセージをくれていたんだ。

『そう。いや、無事ならいいんだ。僕がちょっと気にしすぎただけだった』

「ごめんね。雄吾さんはもうパーティーは終わったの？」

『ああ。どうにかして、ちょっとでも早く切り上げようと思ってたから。春奈に会うために』

「えっ？」

どうにか会おうとしてくれていたと知り、うれしくなると同時に自分でチャンスを潰してしまったと後悔する。

もっと早く連絡くれていたことに気づいていたら――。タイミングが合わない時って、とことんすれ違う。

どう答えるのが正解か、考えあぐねていると雄吾さんが言う。

『少しでもいい。今、会える？』

「わ、私はいいけど、雄吾さんが疲れ……」

瞬間、インターホンの音が鳴る。一瞬、それこそタイミングが悪いと思ったけれど、こんな夜に誰かが訪ねてくるわけがないと気づいた。

通話状態のスマートフォンを握りしめたまま、玄関に急いで向かう。ドアを開けると、スマートフォンを耳に当てている雄吾さんが立っていた。

「本当はメッセージの反応がない時点であきらめるつもりだったんだけどね」

彼は苦笑交じりに言って、スマートフォンの通話を切った。伏せていた目が再びこちらに向けられる。

初め、申し訳なさを滲ませていた瞳は焦がれたものに変わり、玄関の中に一歩踏み込んできた。そして私の身体を引き寄せると、ぎゅうっと抱きしめて呟く。

「でも、どうしても会いたかった」

彼の表情は見えない。だけど今の声音から同じ気持ちだと伝わる。

「……私も」

感極まって彼の背中に両腕を回す。

雄吾さんとの関係は平穏でひだまりのような温かさで、とても心地いい。

その居心地のよさを知ってしまったから、気づけば変わらない関係に対して安定よりも不安が募っているのだと察した。

自分たちの関係を言葉で説明するなら、恋人同士。けれど、他人だ。

周りから彼の素晴らしい功績や評判を耳にするたび、心が焦《じ》れた。たしかな約束がほしいと思ってしまう自分に、見て見ぬふりをしていた。

それは浅ましい思いだとずっと感情を抑えてきたが、変な方向へ思い悩むくらいならいっそ私から——。

「一緒になろう」

「え？」

『どんなかたちでもいい。もっと一緒にいたい』と伝える直前、雄吾さんからも同様のセリフが出てきて驚き固まった。

腕を緩め、彼の顔を窺う。雄吾さんはこの上ないほど真剣な面持ちで、けれどやっぱりどこか焦燥感に駆られたような表情も残しながら続けた。

「春奈、僕と結婚して」

ふいうちのプロポーズだった。

驚倒するばかりで、言葉を発するどころか瞬きさえもできずに静止する。

私がなにも言えずにいたせいで、雄吾さんは顔を顰めて項垂れた。

「……っ、はあ。違う。ごめん」

すぐさま否定する彼の言動に、胸が切り裂かれる感覚に襲われる。

今のは勢い余って口にしただけで、冷静になってやっぱり取り消したくなったのかと想像すると居た堪れなくなった。

彼の一挙一動に翻弄される。だからぬか喜びをするのだ、と自ら気持ちを戒める。

「ううん。雄吾さんは、そういう話を慎重に考えなければならない立場だってわかってる。ちゃんと聞かなかったことにするから、気にしな——」

「そうじゃない！　そうじゃなくて」

言葉を遮られ、咄嗟に口を噤む。

雄吾さんは眉間に深い皺を作り、きつく目を閉じて長い息を吐いた。

「こんなふうに勢い任せにプロポーズするつもりはなかったから。もっとちゃんと計画してたのに、自分で台無しにしてしまったなと思って」

彼の話を聞いて茫然とする。

まさか、本当に私と？　もちろん、雄吾さんが軽い気持ちで私と一緒にいるとは思わない。ただ、雄吾さんの立場や環境を想像すると、結婚は簡単には決められないのではないかと思っていたから。

私の動揺を打ち消すかのように、彼は次々とその計画を語る。

「その日は朝からデートを満喫して美味しいディナーを食べて、景色が綺麗で静かな場所へ移動して……って、ずっと考えていたのに」

うまくできなかった嘆きか、はたまたこんなかたちで内容を告げてしまった恥ずかしさなのか。彼は顔を背けて俯いたままで、こちらを見ようとしない。

いつでもまっすぐ向き合ってくれる彼と視線が合わないことがもどかしくて、彼の両腕を掴んで強引に視界に割り込んだ。刹那、腰をグイッと引き寄せられ、口を塞がれる。

「ふっ、う……ん、んぁ」

急《せ》くように口内を暴かれて、思考がとろとろに蕩ける。口を離した後は首筋に鼻《び》梁《りょう》を埋め、襟首の生え際まで丁寧に唇でなぞっていく。

「春奈に会えないことがこらえきれなくなってる。電話やメッセージじゃ足りない」

耳元に艶めかしいリップ音が聞こえて力が入らない。立っているのもギリギリだ。

「春奈……いい匂いがする」

「は、あぁ……ンッ」

堪らず声が漏れ出たのとほぼ同時に、再びキスされる。

きっともう彼が腰を支えてくれていなければ、この場に座り込んでいるに違いない。

束《つか》の間キスが止み、その間ゆっくりと瞼を押し上げていくと彼と目が合った。

「俺のこと、好きって言って」

熱を帯びた双眼で嘆願され、途端に胸が締めつけられた。そして、身体の奥から熱いものが込み上げてくる。

私は雄吾さんの首に手を巻きつけ、残った力を出してきゅっと抱きしめた。

「好き。雄吾さんが好、き……ふぁっ、ああ」

彼は私の答えを聞いてさらに情熱的に、煽情《せんじょう》的に触れてくる。理性なんて、もはやお互いに欠片《かけら》くらいしか残っていないと思うほど。

「俺も好き。俺がほしいのは春奈だけだ」

深く濃厚なキスの後、雄々しい表情でささやかれ、ぞくりと背中が粟立《あわだ》った。

普段は柔らかく優しい雄吾さんが見せる、男の人の顔。

そういえば、今もさっきも、自分のことを『俺』と言っている。些細な違いだけれど、いつも完璧な彼が思わずそう口走っているのなら、おそらくこの目の前の〝余裕のない彼〟は、本来の彼なんだ。

それを私に見せてくれることが、すごく幸せ。

夢中でキスを繰り返し、彼に触れられて乱れていく。

恥ずかしい。でも、嫌じゃない。むしろ喜びすら感じている。気づけば羞恥心も現実もなにもかも忘れて、『もっと』と彼に縋った。

すると彼はそれに応えるように、何度も「春奈」と呼びながら、身体中にキスを落としていった。


「なんか……勢い任せに色々と悪かった。本当にごめん」

最後にワイシャツを着終えた雄吾さんは、ベッドの縁に座る私と正面から向き合い肩を竦《すく》めて謝った。どうやら時間を置いていつもの冷静さを取り戻した途端、申し訳なさが勝ったみたい。

「ううん。いつも余裕たっぷりの雄吾さんが必死になる姿、結構うれしいかも」

彼は苦笑いを浮かべる。

「んー、それはちょっと複雑な心境だ。あんまりカッコ悪いところは見せたくない」

「あ。それと、今日新たに気づいたことがひとつあって」

「なに？」

雄吾さんは心当たりがないせいか、やや焦り気味に聞き返す。

気づいたことというのは、彼が切羽詰まった時には少し強引になって、自分の呼び方が『俺』に変化するところ。

そのあたりは、雄吾さん本人が意識しているかどうかはわからないけれど。

私は顔に〝気になる〟と書いている雄吾さんを一瞥し、「ふふっ」と笑った。

「やっぱり秘密」

本人に教えてしまったら、気にしてもう〝あの雄吾さん〟が見られなくなるかもしれないし。

私がひとりで楽しそうにしているのを、彼は終始不思議そうに首を傾げつつも、それ以上は詮索してこなかった。

「なら、そのうち教えて。この先もずっと秘密にされるのは、さすがに僕も拗ねるかもしれない」

こういう子どもじみた私に対して大人の対応ができる雄吾さんだから、やっぱり居心地がいいし、好きだなあと思う。

スーツの上着に袖を通す雄吾さんを見つめていたら、彼はなにかを思い出したらしくきょろきょろと辺りを見回し始める。

「あった。これ、春奈にあげるよ」

雄吾さんはリビングに無造作に置いていた紙袋を拾い上げ、こちらに差し出す。

「これは？」

紙袋を受け取ってちらりと中を覗くと、お菓子の化粧箱のようだ。

「昨日もらったんだ。『かしやま』の季節限定商品だって」

「あの有名な、かしやまの？　わあ。いいの？　ありがとう」

かしやまは老舗《しにせ》和菓子メーカーで、『東京みやげと言えば、かしやまのまんじゅう』と言われるほど有名なところ。

東京に住むようになって買う機会は日常的にあるものの、高級でなかなか自分のためには買わない。どちらかというと、贈答品で利用する店だ。だからこうして、かしやまのお菓子をもらえるのはうれしい。

「じゃあもう遅いし、僕はもう行くね」

「あっ」

雄吾さんが踵《きびす》を返した直後、咄嗟に声をあげて彼の上着の裾を掴んだ。彼は驚いた顔で振り返る。

「えーと、あの、その」

頭で考えるよりも先に、別れ難さから手が勝手に伸びたため、なにかを伝える準備ができていない。必死に考えを巡らせ、顔を上げた。

「ありがとう。会いに来てくれてうれしかった。とても」

『まだ一緒にいたいくらい』とまでは言うのをやめた。

次の瞬間、あっという間に視界は真っ暗になり、数秒後に彼に抱き留められているのだと理解した。

彼は腕に力を込めて私を抱きしめる。

「春奈はいつも恥ずかしがらずに自分の気持ちを言ってくれるね」

「え？　そうかな。あんまり意識したことはないけど」

「そういうところが安心感を与えるのかもしれないな。やっぱり、百パーセント相手の気持ちを察することは難しいから」

安心感がどうとか意識したこともない。ただ、今の言葉を聞いて雄吾さんは常に気を張っていて、よくも悪くも人の真意を読み、真偽を窺っているのではないかと思った。彼の立場はそういう駆け引きが必要なのだろうから。

これまで雄吾さんは、私の前で疲れや悩みを吐露しなかった。なんでも簡単にこなして、すべて順調に進めているのだと勝手に思い込んでいた。

本当は、こんなにも誰かに寄りかかり休まる時間がほしかったのだと思い知る。

「素直でまっすぐで努力家の春奈といると、刺激ももらえるし、なによりも心が落ち着くよ」

雄吾さんはふっと腕を緩め、数秒見つめ合った後に額を軽くぶつける。

「どうかそのままで」

彼は目を閉じ、少しの間そのまま動かなかった。

伝えたい思いはこんなにたくさん胸の中にあふれているのに、いざ口に出そうとすると言葉がまとまらない。代わりに彼の背中に手を回して抱きついた。

すると、彼も呼応するかのように、優しく抱きしめ返す。

「ああ。僕、春奈と一日でも早く一緒に暮らしたい。日を追うごとに別れがつらくなってる」

彼は腕を緩め、再び私と視線を交わして優しく笑った。彼の切実な思いを聞き、胸が高鳴っていく。

「近いうちに春奈のご両親に挨拶させてほしい」

誠実さが滲む言葉に、うれし涙を隠して「はい」と答えるのが精いっぱいだった。

週明けの月曜日。私は会社に着いてエレベーターを待つ。

土日は、元々雄吾さん側に予定があって会う時間はなかった。なにやら雄吾さんはお父さんの都合に付き合わされ、他県を回り本当に忙しそうだ。それでも一日の終わりには、大抵メッセージや電話など連絡をくれる。

忙しいのに申し訳ないと思う傍ら、彼からの連絡をいつも心待ちにしていた。そして、毎晩眠る前に雄吾さんの温もりと、もらった言葉を思い出しては大切に噛みしめるのだ。

両親に挨拶……か。どうしよう。想像だけでめちゃくちゃ緊張してきた。緊張と高揚とが入り乱れ、まだ詳細も決まっていないのにそわそわする。週末は暇だったせいもあり、そのことばかり考えていた気がする。

あれから、金曜日の夜の出来事をずっと反芻していた。

あの日までは、私たちの立場や環境の違いに不安を抱いていた。でも、彼の気持ちを聞いてから、嘘のように心が穏やかになっている。

自分がこんなに単純な人間だとは知らなかった。好きな人から『一緒にいたい』と言われると、こんなに景色が違って見えるものなのか。

だけど、私ばかり守られて癒されていたらいけない。これからは、彼がいつでも安心して寄りかかれる信頼と包容力を養いたい。今後の目標はそれだ。

改めてこれからの自分の在り方を再確認している時、前に立っていた他社の社員らしき女性が私の後方に向かって声をかけた。

「あ、おはよう。ってどうしたの？　暗い顔して。なんかあった？」

反射で少し後ろを振り返ると、他人の私にもわかるくらいに憔悴《しょうすい》しきった女性がやってきた。

彼女は私の横を通り過ぎ、前方にいる女性の元へ行くとぽつりとこぼす。

「……白紙になるかも。結婚の話」

「えっ。な、なんで？」

距離が近いから会話が聞こえてきてしまう。

罪悪感を抱きつつも、エレベーターを待っているわけだしと、その場を動かずになにも聞いていないふりをした。

すると、落ち込んでいた女性が、今にも泣き出しそうな声色で答える。

「向こうのご両親に反対されて……彼、由緒ある家の長男だったみたいで。私の家では釣り合いが取れないからって」

「えーっ！　今時そんなこと言う人いるの？　それ引き合いに出されても、家のことなんかどうにもできないじゃん」

「もうどうしたらいいか……！」

「うーん。家を捨てて駆け落ち……とか」

知り合いでもないふたりの会話を聞いて、胸がざわめいた。

つらそうに相談する女性に同情心が芽生えるのも束の間、まるで自分のことのように感じ、聞いていられなくなった。

思わずその場から逃げ出し、一階の化粧室へ足を向ける。肩にかけたバッグの紐をきつく握り、速足で化粧室に入った。併設されているパウダールームで、鏡に映る自分と向き合う。

さっきの人の話を他人事とは思えない。心臓が嫌なリズムで脈を打ち、得も言われぬ恐怖に飲み込まれそうだった。

当人たちがよくても、家族を交えて話を進めようとした際に躓《つまず》く話はたまに聞く。そんな状況になっている人を日の当たりにして、心が乱される。

つい最近、雄吾さんからプロポーズされて不安は消えたと思ったばかりじゃない。

心の中で言い聞かせて動悸を落ち着けながら、鏡越しに自分を見つめる。その時、ふいに『人生に〝絶対〟はない』と厳しく諭す海斗の言葉が脳裏に蘇った。

私はすぐにそれを打ち消すように頭を横に振り、呼吸を整えて化粧室を出る。

「お、古関じゃん！」

歩き出すや否や、親しげに名前を呼ばれて振り返った。

「三橋《みはし》くん？　え、どうして」

爽やかな短髪に適度に日焼けした健康的な肌色の彼は、三橋栄介《えいすけ》。私の同期だ。

彼は期待のエースで、入社二年後にアメリカのポートランドへ赴任した。

「十月一日付でまたこっちに戻って来たんだ。よろしくな。今回は部署違うけど」

入社当時から人懐っこくて明るい三橋くんは、数年ぶりに会っても変わらない。そのキャラクターのおかげか、ブランクからの緊張などまるで感じさせず、話しやすさも以前のままだった。

「そっか。ごめん。私ちゃんと辞令確認してなかった。配属はどこ？」

「相変わらず忙しくしてるんだな。俺はマーケティング部配属だよ。あ、近々営業部に異動してきた人たちも含めて歓迎会やってくれるらしいんだけど、古関も来るだろ？」

「そうなの？　うん。多分行ける」

「多分ってなんだよ。そこは『絶対行く』だろ〜？」

「あはは。ごめんごめん」

それぞれの部署まで話しながら向かうと、あっという間に到着する。三橋くんと別れて自分の席に行き、椅子に腰を下ろした。ノートパソコンを起ち上げ、メールを確認する。

「あ」

つい今しがた三橋くんが言っていた歓迎会の出欠メールを見つける。クリックすると、今週金曜日の夜に開催する旨が記載されていた。

金曜日かあ。二部署合同なら、みんなこの日は業務も早く切り上げるんだろう。そんな中、残業もしづらいし、ここはやっぱり参加で決まりかな。

そう思いつつ、ふとスマートフォンに目を向ける。

雄吾さんはきっと変わらず忙しいはずだよね。歓迎会は午後六時スタートで早いから、二時間のコースだったとして終わるのは八時。最近の雄吾さんなら、まずこの時間に仕事を終えることはない。歓迎会に参加することについて、雄吾さんへは今夜にでもメッセージで伝えておこう。

そうして私は【出席します】と幹事に返信し、仕事の準備を始めた。

月曜の夜は日付が変わる直前に、雄吾さんから【親睦を深める場に参加するのも大事なことだよね。だから僕もいつも積極的に参加してる。春奈も楽しんできて】と返信が来ていた。

快く送り出すような文面に彼らしさを感じる反面、やっぱり雄吾さんは金曜日の夜は忙しくて会えなかったんだなとわかってがっかりもした。

まあ、歓迎会に参加する予定なのに雄吾さんに誘われでもしたら、頭を悩ませる事態になるのは想像に難くない。それでも、〝雄吾さんに会える〟ことを天秤《てんびん》にかける――そんな状況を想像してしまうくらいに、私の心の奥には彼に会いたい気持ちがあるのだと改めて気づかされた。

そうして迎えた金曜日。

予想通り、今日はほとんどの人が定時過ぎに仕事を終えていた。

直前に取引先から連絡が入り、ちょっと出遅れてオフィスを出る。エレベーターの中で、雄吾さんに【これから行ってきます】とメッセージを送った。

歓迎会はオフィスから徒歩十五分ほどの居酒屋で開催された。

私は中堅の立場だから、上司に気を配り、先輩の話を聞きつつ後輩にも声をかけたりと忙しなく過ごしていた。

そうこうしているうちに、あっという間に時間が経つ。しかし、当然ここでお開きとはならずに、参加者の半数以上を引き連れて二次会へ行く流れとなった。

一次会で帰ろうかどうしようかと悩んでいたら、主役のひとりである三橋くんに誘われてしまい、断れずに私も参加組となった。

二次会会場であるカラオケ店でも約二時間滞在し、会計を済ませてぞろぞろと外へ出る。一部では三次会の話題になっていたけれど、私はこのへんで離脱しようと輪から外れた。

今は何時頃かとスマートフォンを取り出すと、雄吾さんからメッセージが来ている。

【カラオケ盛り上がってるところ、ごめんね。明日、会える？】

その文面を見て、疲れが一気に消え去る。アプリでスケジュールを確認して、すぐさま【明日大丈夫だよ】と返信した。

スマートフォンをバッグにしまい、思わず顔を緩ませる。

「古関、帰るの？」

ちょうどみんなに挨拶をして帰ろうかとしていた時、声をかけてきたのは三橋くんだった。彼は昔からよく周りが見えている人だから、私の行動にすでに気づいていたっぽい。

「あー、うん。久々に飲んだから、ちょっと」

「え。大丈夫かよ？」

「平気だよ。心配しないで」

と言いながらも、ちゃんとご飯を食べもしないでお酒を飲んだのもあり、実は頭と胃が重かった。でもこの程度なら、まだひとりで電車に乗って帰れる。

「俺、家まで送る」

「いやいや。主役でムードメーカーの三橋くんがいなくなったら、みんながっかりするでしょ。私のことは気にしないでよ」

「じゃあ、せめて駅まで。それくらいなら、すぐみんなと合流できるし。俺、ちょっと遅れるって言ってくる」

「ちょっ、あっ……もう。いいのに」

三橋くんに強引に押し切られ、部署の人たちに報告へ行く彼の後ろ姿を見て息を吐いた。それから、走って戻ってきた三橋くんに苦笑交じりに言う。

「ホント、誰にでも面倒見いいとこ変わらないね」

三橋くんは入社したばかりの頃、私が困っているとすぐに声をかけ、フォローをしてくれていた。同期なのに頼れる人だった。

駅に向かって歩き始めながら懐かしい過去を思い返していると、三橋くんがぽつりとこぼす。

「誰にでもってわけじゃないよ」

「ふうん？」

そういう謙遜も世間ではポイント高いんだろうな。当時だって女子社員から人気だったし、海外勤務の間も国境を問わず人から好かれている三橋くんが簡単にイメージできる。

「っていうか、古関は変わったな。なんていうか、大人になっててびっくりした」

「なーに？　老けたって言いたいの？」

私はジトッとした目を向ける。

そりゃ、入社したての初々しさはゼロだとは思っている。気づけば二十代もあっという間に折り返した。

三橋くんは、慌てた様子で必死に弁解する。

「いやマジで！　昔は一生懸命でかわいいなって思ってたけど、再会したら綺麗になっててドキッとした。今、付き合ってるやつとかいるの？」

「え!?」

予測しなかった返しに戸惑う。まさか、そんな踏み込んだ質問をされるなんて。

自意識過剰かもしれないけれど、これはもしかするとまずい流れかも。お酒が入った勢いであっても、大抵こういう質問に続く流れは決まっている気が……。

単に深い意味なく聞かれただけかもしれないが、念のため事実をさくっと伝える。

「えーと、いるよ」

三橋くんは、一重瞼を大きく見開いた。その様子から動揺しているのが窺える。

「そ、そっか。ちなみにどんな人？　何歳で、仕事はなにしてる？」

終わると思っていた話題が意外にも長引き、困惑する。三橋くんの質問攻めに、思わず口を閉ざした。

だって、どんな人かは説明できるとして、詳細は私の判断で第三者に伝えていいものかどうかわからない。

ふと、雑誌に掲載されていた雄吾さんの姿が頭に浮かぶ。彼の家や会社の背景を考えると、容易に関係を口にしてはいけない気がした。

「なんでそんなこと。いいじゃない、どうでも」

小さな声で漏らすと同時に、自虐的な感情があふれていることに気づく。

私は今、『自分の恋人はリアルエステイト楢崎の跡を継ぐ人だ』と自信を持って言える心境にはなれない。どうしても、彼と自分が釣り合っていないと思われそうで臆病になった。そんなこと、誰がどんな感じ方をしたところで、当人たちの問題であって気にしなければいいのに。

雄吾さんに対する後ろめたさと、自分の不甲斐なさに下唇を噛んで俯いた。次の瞬間、手を握られる。バッと顔を上げれば、真剣な顔をした三橋くんと目が合った。

「答えられないのは、本当はいないか、うまくいってないからじゃないのか？」

「えっ。違うよ」

彼はもう片方の手を顔に近づけてきた。熱を帯びた視線と強く握られた手と彼の動きに、頭の中で警鐘を鳴らす。

「俺、入社した時から古関のこと、いいなって密かに思ってたんだけど」

咄嗟のことで対処が遅れ、ただ身体を強張らせた、その時。

「春奈」

その声に、思考よりも先に心臓が反応した。

約一週間、電話越しでしか聞けなかったほどよい低音の声。直《じか》に聞こえてきた呼び声に胸が高鳴る。

顔を向けると、そこにはスーツ姿の雄吾さんがいた。

急なことで対応できない。ただ私は、疑われそうな場面に遭遇した焦りよりも、純粋に彼が目の前にいる事実に喜びを隠せなかった。

雄吾さんは三橋くんが握る手を一瞥し、ビジネスライクに挨拶をする。

「楢崎と申します。春奈がお世話になっています」

三橋さんは瞬時に現状を理解したようで、パッと手を放した。そして、無言で私に彼の正体を問いかけてくる。

「あの、彼はさっき言ってた……恋人、なの」

突然雄吾さんが現れ、三橋くんに紹介することとなり動揺で声が尻すぼみする。

この期に及んで、街中に立っていてもどこか周囲の人とは違い、カッコよさと仕事ができるオーラを出している雄吾さんを『恋人』だと宣言するのに気が引けた。

「三橋と言います。古関とは同期で」

「ああ、あなたが。春奈から伺っています。ポートランドに赴任されていたとか。あちらは今時期雨季に入る頃なので、東京のほうが過ごしやすいでしょう？」

「え？　あ、まあ……そうですね」

なんとなくハラハラとしてふたりを見守っていると、雄吾さんがいつもと変わらぬ優しい表情で私を見た。

「もう歓迎会は終わった？」

「ううん。でも私は先に帰るところで。そうしたら、三橋くんが駅まで送るって言ってくれて。そのね、私が飲みすぎたんじゃないかって心配してくれて！」

雄吾さんに確認されて答えると、彼は三橋くんに向かって会釈をする。

「それはわざわざすみません。ここからは僕が一緒なので大丈夫です。どうぞ皆さんのところへ戻ってください。お気遣いありがとうございました」

雄吾さんは柔和な笑顔で言いながら、私の肩をさりげなく抱いた。

「あ……わかりました。じゃあ古関。俺、戻るわ」

「うん。ありがとう」

そそくさと去っていく三橋くんの背中を見送る。雄吾さんとふたりになり、改めてさっき三橋くんに手を取られていた光景をどう説明しようか思い悩む。

潔白だけれど雰囲気的に向こうは好意を持ってくれていた気もするだけに、ちょっと後ろ暗い。

第一声を出せずにいたら、先に雄吾さんが口を開いた。

「春奈。これからうちにおいで」

「えっ」

「明日会う予定になっていたし、このまま一緒にいても問題ないだろう？　ここからなら春奈の家より、うちに行くほうが近いし。着替えは前に置いていったものがあるから」

そう言って手を引き、歩き出す。

前日から一緒にいられることになったのは、私にとって棚から牡丹餅《ぼたもち》だ。だけど、なんだか空気が微妙になっているのが引っかかる。

雄吾さんは駅の方向とは別の道を歩いていく。車で来てくれたのかなと思うも、すんなりと聞くことさえできない。

数分後に、ようやく彼の背中にぽつりと投げかける。

「雄吾さん、もしかしてわざわざ迎えに来てくれたの……？」

よくよく考えたら、偶然会ったとは考えにくい。雄吾さんのオフィスは新宿区《しんじゅく》で近くはないし、自宅までのルートからも外れている。きっと、私が大体の場所とともに二次会に参加する旨のメッセージを送っていたからだ。

すると、彼が足を止め、こちらを振り返って答える。

「ああ」

やっぱり。まさかこんなことをしてくれるとは思わず、なにも考えないでメッセージを送ってしまった。

申し訳ない気持ちで頭を下げる。

「ありがとう。でも言ってくれていたらよかったのに。待たせたんじゃない？」

「僕が迎えに行くって言ったら、春奈は気になって飲み会を楽しめないだろう」

彼の返答に思わず感嘆する。

「雄吾さんって、本当にすごい」

そこまで考えてくれていたなんて。

「別に、なにもすごくないよ」

雄吾さんは再び前を向きながら言った。

さりげない気遣いができる人に憧れる。いつもスマートで優雅で、他人に優しい。

そのうえ仕事もできて、人気もある。

彼が私の手を取ってくれていることが、本当に不思議でならない。

私は彼の心が離れてしまわないようにと、雄吾さんの手を握っていた。

その後、近くのパーキングに停めてあった彼の車に乗り、約十分でマンションに到着する。すぐに着いたのもあるけれど、これといって会話という会話をせぬまま部屋まで来てしまった。

雄吾さんに促され、先にリビングに入り、バッグを隅に置かせてもらう。彼の部屋はいつ来ても整然としていて、居心地がいい。けれども、今はまだちょっとぎくしゃくしている感じがするから、いつもみたいに寛ぐような心境にはなれずにいた。

私は後からやってきた雄吾さんを振り返り、平静を装う。

「ええと、雄吾さんの夕ご飯は……きゃっ」

話の途中で手首を掴まれ、強引に引き寄せられる。驚いて雄吾さんを見ると、彼は淡々として言った。

「手、握られていたね。僕が見た時には、もう告白された後だった?」

痛くてどうしようもないほど強くは握られていない。だけど、逃れられないくらいにはしっかり掴まれていて、この手の力加減から雄吾さんが怒っているのではないかと感じる。

私は小刻みに首を横に振り、彼の疑念を否定した。

「ゆ、雄吾さんのことを聞かれたから、なんて答えようかって」

事実だ。嘘をついたりなんかしていない。なのに、間近にいる雄吾さんから突き刺さるような視線が注がれて、無条件で怯《ひる》んでしまう。

だって、これまで一度もこんなふうになる雄吾さんを見たことがないから。

「どうして？『婚約者』のひとことで済む話だ」

雄吾さんに問われ、唇を引き結んだ。

彼の指摘はもっともで、たしかにそれが正解だったとは思う。頭ではそうわかっていても、咄嗟に気持ちがついていかなかった。

私が黙り込んだからか、雄吾さんはさっきよりも少し強めに手首を握り、近くのソファに押し倒した。こちらを見下ろす彼は、眉根を寄せて苦しげな表情をしている。

「なのに春奈は『恋人』という言葉さえ、すごく言いにくそうにしてた。あれは照れ隠しじゃなかったよな」

「それは……」

あの微妙な間に気づかれていたんだ。そんなつもりではなかったが、雄吾さんの隣にいる自信が急に萎《しぼ》んでしまった。しかし、そんな説明もできるはずがない。

雄吾さんの家については、彼がどうこうできるものではなく、生まれてきた家が立派だったというだけ。そして、彼の美麗な容姿や立ち振る舞い、知識の豊富さや物腰の柔らかさなども、素晴らしい魅力。それらの中には、彼の努力の結晶も多々あるのだとわかっている。

そんな彼と一緒にいるのが苦しいだなんて、これまでの彼を否定するのと同じ。私の急な劣等感で彼を傷つけるのは違う。

様々な葛藤をしているせいで、うまく言葉を紡げない。

雄吾さんは両手を拘束したまま、真剣な面持ちで言う。

「春奈の中で僕を恋人と表現するのに迷いがあるのは、あの彼に過去にでもなにかしら特別な感情があったから？」

「——違う」

私が即答すると、彼は我に返ったように目を見開いて固まった。数秒後、手を解放しその場で項垂れる。

「ああ、ごめん。僕はなにを言って……なんかだめだ。春奈、先にシャワー使っ……」

動転する彼に、両手を伸ばして抱きついた。

「勘違いをさせてごめんなさい。私の心の中は雄吾さんだけ。……でも迷いはあるの」

首に回した腕にきゅっと力を込め、彼の耳の横で本音を吐露した。

彼を想う気持ちに迷いはない。ただ、彼への気持ちが大きくなった今だからこそ、現実を突きつけられ、不安は生まれる。

そういう事情をちゃんと言葉にできなくて、濁すかたちになってしまった。それでも、『好き』の気持ちは疑ってほしくない。

私は腕を緩め、彼の双眼を覗き込んだ。

「春奈は本当に素直だな。そういうところに惹かれるし、好き……っ、う」

身体の奥からあふれてくる感情のまま、私からキスを仕掛ける。

今までは自分から唇を寄せた際には、遠慮がちに口づけていたと思う。照れくささと恥ずかしさが勝っていたから。

だけど今ばかりは、昂《たかぶ》る感情を抑えきれず、やや強引に彼の唇を奪った。だからだろう。彼は今すごく驚いた様子で声を漏らし、これまで何度も交わしてきたキスとは違い、ぎこちない反応を見せている。

けれども、なお私は彼の唇を奪い、緩急をつけて口づけながら両頬を包み込む。そのうち、どちらのものかわからない吐息が漏れ、交ざり合い、蕩けていく。

すると、ついに雄吾さんの手が動き、私の腕を掴んだ。

「こんなことして……この先は止まれないよ」

彼は感情の制御が難しそうに、低い声でそうささやいた。

優しい雄吾さんのことは大好きだ。しかし、今はその優しさを取っ払って、激情をぶつけてほしい。そうすることで、自分が彼の特別だと刻まれる気がする。

「止まらないで……お願い」

彼の胸の中に顔を埋め、懇願した。刹那、もうひとたび押し倒されて、深く口づけられる。

「んう……っ」

強引に舌を絡ませ、私の呼吸のリズムなどお構いなしにまさぐって、敏感なところを休みなく攻め立てられる。

「あっ、あっ、あん」

制御できない自分の声に恥じらいながらも、彼に愛されていることを実感して理性が薄れていく。彼もまた、かろうじて激情を抑えているように声を落として呟く。

「今日はきっと抑えがきかない」

「んうっ、はっ、あぁ」

「──な、春奈……春奈」

多分、雄吾さんは無意識に私の名前を繰り返し呼んでいた。アンニュイな表情と声で奏でられる名前を耳にするたび、身体の奥が反応する。

彼からも色気たっぷりの吐息がこぼれ落ち、それを愛しく思って気づけばキスをしていた。くちゅり、と音を立てて交わすキスは妖艶で、もうとっくに羞恥心など消えている。

「春奈がほしい。君の未来ごと、全部……このまま俺のものにしたい」

もう我慢できないと思った時、彼もまた余裕のない顔をしていた。私は広い背中に手を回して頬を寄せて言う。

「ん……私も、ほし……んっ。ゆ、ご……さん、と——あぁっ」

突き上げてくる強い衝動が甘い快感へと変わる。

私たちはすべての感情を曝《さら》し、何度も抱き合った。


気づけばもうすぐ午前零時を回る。

つい先刻のかなり乱れてしまった自分を思い出しては、穴があったら入りたい一心で頭からシャワーをかけ続けた。

身体がすっきりしても、まだ火照っているのがわかる。頭の中は恥ずかしさでいっぱいで、彼の元に戻りづらいとさえ思っていた。

着替えを終えてベッドルームへ足を向ける。空いたままのドアから室内をそっと覗くと、雄吾さんはスマートフォンを操作していた。

「雄吾さん。シャワーありがとう」

彼はサイドテーブルにスマートフォンを置き、こちらを見る。

「ああ。　さっぱりした？」

「うん。そういえば、雄吾さんの夜ご飯って……」

ベッドの縁に腰かける雄吾さんの正面に立って尋ねると、彼は苦笑する。

「あー。夕食のこと、すっかり忘れてた。定期株主総会の準備に追われててずっと外食続きだったから、今うちになにもないんだった」

なにもないんだ。材料さえあれば、簡単なものなら作れるかなと思っていたけれど、それなら難しいかな……。この時間から買い物に行ってとなると時間が遅くなるだろうし、どうしよう。

悩んでいると、雄吾さんが「あ」と小さく声を漏らした。私は首を傾げて彼を見る。

「そういやお菓子ならあるな。かしやまの」

冗談交じりにそう話す彼に、きょとんとして返す。

「またいただいたの？」

ついこの間、私のアパートに来た時に持ってきてくれたお菓子もかしやまだった。

「そう。昔からあそこの社長には親しくしてもらっているから。僕のことも本当の息子みたいに接してくれるんだよ」

「へえ。そうなんだね」

かしやまほど有名な老舗和菓子屋の社長と親しいって……やっぱり交友関係が広い
し相手もすごい。
「今夜の食事は大丈夫。シャワーを浴びて寝るよ。春奈、眠かったら待たずに先に休
んでていいからね」
両手を繋がれて、上目で微笑まれるだけで胸が高鳴る。その優しい眼差しをずっと
見ていたい。なのに、こうもドキドキさせられると、直視できなくてつい照れ隠しに
目を逸らしてしまう。
「ううん。待ってる」
言った後、雄吾さんにクイと両手を引かれ、前傾姿勢になった。驚く間もなく、彼
に唇を奪われた。抱かれていた時と比べ、挨拶程度の軽いキス。
「行ってくる」
口を離してそうささやき、彼はバスルームへと行ってしまった。
まだ胸が騒いでうるさい。先ほどまで肌を重ね合わせていたというのに、なぜキス
ひとつでこう毎回、心の奥がきゅうっと鳴ったり身体が熱くなったりするのか。
なんて、そんなの理由はわかっているくせに。
さっきまで雄吾さんが座っていた場所に腰を下ろし、火照った頬を冷ますべく手で

顔を仰ぐ。すると、薄暗い部屋の中でふわっと明かりが灯ったのに気づいて目を向けた。それは、サイドテーブルに置いてあった雄吾さんのスマートフォン。

触れてはいないものの、無意識にそのスマートフォンのディスプレイを見る。瞬間、心臓がドクッと大きく跳ねた。

【今日の予定：果乃子《かのこ》ちゃん二十五歳の誕生日】

衝撃的な表示に頭の中が真っ白になり、ただ瞳にポップアップの文字を映し出していた。

時間を見ると、ちょうど日付が変わり土曜日になっている。だからきっと、スケジュールアプリに登録されていた今日の予定が通知されているのだと予測した。

驚きを隠せずに固まっていたら、スマートフォンのバックライトがふっと消えた。

真っ暗なディスプレイになってもまだ動けない。

――〝果乃子〟って、誰……？


あの日。バスルームから戻ってきた雄吾さんに、真相を確かめる勇気は出なかった。

あれから二週間。今日までに彼とは二度ほど会っているものの、到底切り出すことはできず。むしろ、時間が経つにつれ余計に聞けなくなっている。こんなことになるのなら、あの夜頑張って尋ねてみればよかった。

そう後悔しても、今さらなのだけれど。

午後七時前。私はカタカタとノートパソコンのキーボードを叩き、無心で仕事と向き合う。時折漏れ出そうなため息をこらえながら。

今日までずっと、こうしてモヤモヤし続けている。なんだろう。いつもなら……以前までなら、もっと決断も早くて怖いもの知らずと言わんばかりに後先考えず飛び込んでいた気がするのに。

雄吾さんと出会って――ううん。雄吾さんが関わる事柄だから、一歩踏み出すのが怖くてがんじがらめになっているのかもしれない。

やたらとマイナス思考に引きずられるのも、身体がだるく感じるのも全部恋煩いなのだろうか。

「……帰ろ」

入力作業がちょうど終わったところで支度をして、部署を出た。重い足でロビーを通過し、エントランスを抜ける。

今晩はなにを食べよう。なんだかここ数日、食欲がない。まさか自分が思い悩んで生活に支障をきたすタイプだとは思わなかった。

俯きながら帰路をたどっていると、ふいに路上で呼び止められる。

「すみません。古関春奈さん、ですよね」

聞き覚えのない女性の声に不思議に思って顔を上げる。

その人はとても顔が小さく、背丈が百七十センチくらいあって、艶々した黒髪をなびかせている。パンツスーツがよく似合う、キャリアウーマンという言葉が似合う女性だった。

「あの、どちら様でしょうか」

これほどの美人なら記憶に残っているはず。しかし、まったく見覚えがない。にもかかわらず、相手はこちらのフルネームを知っているのは一体どういうことか。

不審に思い窺うような態度で質問すると、彼女は堂々として名刺を差し出してきた。

「突然すみません。私は『ウダガワトラベル株式会社』の宇田川《うだがわ》と申します」

おずおずと受け取った名刺に視線を落とす。ツアー会社で有名なところだ。しかも今、彼女が名乗った名字と社名が一緒ということは、会社を経営する側の人と血縁関係がある……？

彼女の正体はある程度予測できるものの、用件はさっぱりだ。

大体、なぜ彼女は私を知っているの？　まったく面識も関わりもないのに。

不信感を抱いていると、宇田川さんは丁重に頭を下げる。

「突然お声がけをして、しかも事前に古関さんのことを調べさせていただいたこと、先にお詫《わ》びします」

「えっ、調べ……？」

きちっとした印象の彼女だからこそ、謝罪されている内容とミスマッチで困惑する。

詳細を尋ねる余裕もなく、ただ茫然と彼女を見つめていると、深刻そうな表情で話し始めた。

「私は楢崎尚吾さんと大学時代の友人です」

「楢崎？」

尚吾って……雄吾さんの弟だ。宇田川さんは弟さんの友人なんだ。でも、それでなぜ私のところに？

頭の中は疑問符だらけ。けれど、ここ数日の悩みもあってか、脳の動きが鈍い。

戸惑う私に、彼女は落ち着いた声音で言う。

「少し、私の話を聞いていただけますか？」

〝楢崎〟という名が出れば警戒心は薄れ、代わりに『話』の内容に関心を引かれる。

気づけば首を縦に振っていて、彼女に誘われるまま近くのカフェに入店していた。

そして、オレンジジュースを前に向かい合って話を聞く。

彼女の説明を整理するとこうだ。

これまで仕事ひと筋の尚吾さんに、突如縁談が持ち上がった。大学の頃から彼を知る彼女から見ると、今回の縁談はあまりに不自然に思えたので、彼のために内情を確認したいのだ、と。

彼女は、尚吾さんが不本意な縁談を組まされているのなら阻止したいらしい。

しかしながら、そこまで丁寧に説明してくれたものの、結局その件について私がどう関わっているのかがさっぱりだった。

すると、宇田川さんが凛とした表情で聞いてくる。

「あなたはお兄様である雄吾さんの恋人でいらっしゃいますよね？」

私はおずおずと頷く。その反応を見た彼女は、さらに質問を重ねる。

「ちなみに不躾な質問とは思いますが、彼のご両親への挨拶は済んでいらっしゃいますか？」

「いいえ」

ふるふると首を横に振って即答したら、彼女の表情が僅かに変化した。腑《ふ》に落ちたとでも言わんばかりに、ひとつ息をついて呟く。

「なるほど。やっぱりそうですか」

「やっぱり？」

「普通、家が縁談を決めるとなると長男から話を進めますよね。でも今回、お兄様も未婚でいらっしゃるのに尚吾さんに話がいっています。おそらく、彼は恋人がいるお兄様の代わりに自ら縁談を受けたのかと」

え？　尚吾さんの縁談が、元々雄吾さんに持ってこられたもの……？

「そういう人なんです。尚吾さんってドライなところがあるけど、本質は優しいから。私はそんな彼をずっと見てきたので……あ。決して古関さんを糾弾する意図はありません。ただ本当のことを教えていただきたくて」

「あ、あの。そもそも本当なんですか？　縁談って」

「もちろん。お相手は創業百年を越える樫山《かしやま》フードのご令嬢です」

宇田川さんは言い終えると美しい所作でコーヒーを口に含む。私は彼女を茫然と瞳に映し、記憶を遡る。

〝樫山フード〟？　それって、あの菓子舗かしやまの――。

尋常じゃないほど心臓が騒ぎ立てる。

「その相手の方のお名前は、ご存じで……？」

私はなんとか掠れ声を絞り出して尋ねた。

「ええ。樫山果乃子さんという方です」

宇田川さんが発した名前に、今にも胸がちぎれそうになる。

点と点が繋がってしまった。

手が冷たい。めまいを起こしそうなのをどうにかこらえて、膝の上で拳を握った。

「それでは。お時間をいただきましてありがとうございました。私はこれで失礼します。支払いは済ませていきますので」

宇田川さんは最後まで丁寧に挨拶をして去っていく。

十数分間、私は席から動かずにいた。その後、オレンジジュースをひと口も飲まずに、ふらつく足取りでどうにかカフェをあとにした。

帰りの電車に揺られ、おもむろにスマートフォンを取り出す。

雄吾さんからの連絡はまだない。当然だ。彼は今日から四日間、九州《きゅうしゅう》へ行くと言っていたから忙しいはず。

はっきりさせないと。でも、その先の着地点ってどこ？　ああ……考えるのが苦しい。具合が悪い。

そうして迎えた週末を、ずっと塞ぎ込んで過ごしていた。

その間、雄吾さんとはメッセージのやりとりはした。

何食わぬ顔で明るい文面で返事をして変わりない自分を演じながらも、実際は悩みに悩んで寝食も忘れるほど。

けれども、陽は昇り、新しい一日はやってくる。

月曜日を迎え、通常通りに仕事に勤《いそ》しむ。雑念を取り払うべく、いつも以上に集中していたら、あっという間に定時を迎えた。

後片付けをして部署に残る社員に挨拶をし終えたのが午後六時過ぎ。私はエレベーターで一階へ降りる。

どうしよう。お腹が空かない。朝も昼も、さすがになにか口に入れなければ元気も出ないと鼓舞したものの、身体が食事を受け付けなくなっていた。

「古関」

俯いて歩き出したところに名前を呼ばれ、自然と顔を上げる。

「あっ……三橋くん。お疲れ様」

そこにいたのは、エレベーターを待っていたらしい三橋くんだった。

彼はエレベーターを一本見送って話し出す。

「うん。お疲れ。古関は今帰るとこ？」

「そうなの。三橋くんはまだこれから仕事？」

「ああ。久々にこっち戻ってきたし、やる気あるところ見せないと。なんてな」

三橋くんが冗談交じりに言って笑った後、数秒沈黙が流れる。

本当は声をかけられたのが三橋くんだとわかった瞬間から気まずい。理由はもちろん、この間の歓迎会でのことだ。

雄吾さんが迎えに来てくれる直前の雰囲気は、私の思い違いではなかったように感じる。彼が私に好意を抱いてくれていたなんて、当時一緒に働いていた時は微塵も気づかなかった。

彼の気持ちを察したところで、直接的な言葉をもらっていないだけに、こちらからなにも言えない。けれども、こうぎくしゃくした雰囲気が残ってしまうと、今後の付き合い方にも影響が出そう。

仕事に悪影響を及ぼすのは困ると思い、口を開きかけたら向こうが先に話題を出してきた。

「この前の」

「え？」

意を決して切り出そうとしていた矢先だったから、心臓がバクバクいっている。

平静を装って話に耳を傾けると、三橋くんは苦笑しながら続けた。

「古関の彼氏、イケメンだったな。なんとなく仕事もできる人なんだろうなって、男の勘でそう思ったよ」

「あ……えっと……」

いざ、本題に入られると戸惑いを隠せない。まして、ストレートに雄吾さんの話をされたら、彼の気持ちを考えて素直に肯定するのも憚《はばか》られる。

口ごもっていると、三橋くんは開き直った様子で私をまっすぐ見ながら明るく言う。

「もうバレバレだと思うから、はっきり言っちゃうけど。俺、転勤前から古関が好きだったし、戻ってきて再会して、やっぱりいいなって思ってた」

予想はしていたのに、いざとなったら気の利いた言葉のひとつも返せない。

ただ、ここで彼の真剣な瞳から目を逸らすのだけは失礼だと思い、終始しっかり彼の顔を見つめていた。

「あの……ごめんなさい」

ようやく絞り出したのは、謝罪の言葉。それと同時に深々と頭を下げた。

「古関の答えはもうわかってるよ。ただ俺が言ってすっきりしたかっただけ。ごめん」

彼の優しい気遣いを受け、姿勢を正した。

「そんなこと……。気持ちは受け取れないけれど、うれしかった。ありがとう」

「よかった。変わらずこうやって目を見て話してくれて。こっちに戻ってきたばっかで疎遠になるのも悲しいし。変わらず同期のひとりとして、仲良くしてくれよ」

「もちろん」

ほんの少し、和やかな空気に変わる。それがとてもうれしくて、自然と笑顔になった。

そこに、エレベーターがやってきた。扉が開くと、パラパラと人が降りてきてエレベーター内は空になる。

三橋くんはエレベーターに一歩踏み出した直後、こちらを振り返った。

「じゃあ……彼氏とお幸せにな」

その後、彼はすぐにエレベーターで移動してしまった。

ひとり残された私は、彼が最後に贈ってくれた言葉に複雑な心境になっていた。

色々な感情を紛らわすのにショッピングでもしようかと考えたけれど、なにせ体調がよくない。そのため、仕方なくまっすぐ家路につく。

雄吾さんからは昼過ぎに【今夜、東京に帰る予定】と連絡があった。

私は急く気持ちを懸命に抑えて、彼に会うまでに状況と心の整理をしなければと思っていた。

今回の件、単純に雄吾さんに縁談が舞い込んできたというだけならまだよかった。しかし、現実はもっと複雑だった。他の人にまで影響を及ぼしてしまっているのだから。

それもあり、まだ頭の中が混乱している。

まず弟の尚吾さんには自由になってもらわなければ。宇田川さんの話だと、彼は雄吾さんをかばって名乗りをあげたと言っていた。

宇田川さんがそれを切に願って、わざわざ私を探し当ててまで行動したのは、尚吾さんへ特別な感情を抱いているからだと感じている。彼女の気持ちを考えたら、いの一番に尚吾さんを解放してあげなくちゃ。

尚吾さんが縁談を辞退した後は、当初の予定通り、雄吾さんに話が戻る可能性がある。そうなった時、どんな答えを出すかは彼次第だ。

そもそも今回の件――尚吾さんが代わりに縁談を受けたというのだって、雄吾さんが直接尚吾さんにお願いしたのか、それとも知らないところでそうなっていたのか定かではない。

どちらにせよ、私に選択権はない。でも私は……。

肩にかけていたバッグの紐をぎゅうっと握る。自宅アパートに着いたのは約一時間後の午後七時半。

手洗いうがいを済ませたら、まずリビングでひと息つく。目を閉じて数分後、心を決めてバッグからスマートフォンを取り出した。

この時間なら、東京にはもういるかな。タイミングが合わなかったら、その時はその時。

雄吾さんの名前をタップして発信する。耳にスマートフォンを当てて、数コール鳴ったところで音が途切れた。

『もしもし』

何気ない第一声が、今は胸に切なく響く。この声を、日常を、私はやっぱり簡単には手放せない。

平静を装って、若干大げさに明るく振る舞う。

「もしもし！　雄吾さん？　今、大丈夫だったかな？」

『少しなら。さっきオフィスに戻ってきたところ』

オフィスにいるんだ。だったら簡潔に用件を伝えなきゃ。どのみち電話であのことを話すつもりはなかったし。

「あのね。明日の夜って空いてる……？」

できれば私の決意が揺らぐ前に、早く会って話したい。

そう思って聞いてみたものの、彼からは歯切れの悪い回答が返ってきた。

『あー、ごめん。明日は先約があって』

嫌な予感ほど的中するものだ。なんとなくスムーズに事が運ばないような気もしていた。

内心焦慮に駆られながらも、その感情を声には出さず、平静を装う。

「そっか。平日だしね。急にごめんね」

『本当にすまない。明後日で調整できるか後で確認してメッセージ送るよ』

「ありがとう。じゃあ、仕事もほどほどにね。お疲れ様」

最後までいつもの私を演じ、通話を切った途端重苦しいため息が口から漏れる。

その夜、ベッドに入った後に雄吾さんからメッセージが入っていたらしい。

けれども、私はひどく眠くて彼のメッセージを開くどころか受信していたことにも気づかず、夢の中へ誘われていた。

次の日は、ちゃんと寝たはずなのにまだまだ眠いと思うほど、寝起きが悪かった。とはいえ、オフィスに着いて気を張って仕事と向き合ううちに、睡魔も影を潜めていった。

今日のスケジュールは、ほぼ一日外回り。

体調が思わしくない時に限って、という感じではあったものの、気合いでどうにか乗り切った。幸い今日は直帰していいと言われていたので、幾分か気が楽だ。

今日最後に回ったのは、港区《みなと》にあるイタリアンレストラン。

自社商品を卸している得意先で、オーナーとつい世間話に花が咲き、挨拶を終えて店を出た時は午後六時を過ぎていた。

せっかく早く上がれるチャンスだったのに、これならいつもと変わらない。それでもここから帰宅なら、少しは早く家に着く。

道々、なにか手軽にお腹に入れられるものでも買いだめして帰ろうかと考えつつ、駅方面へ足を進める。

もうすぐ十月も終わるから、だいぶ肌寒くなってきた。

秋風に肩を窄《すぼ》めて歩いていると、ふいに見覚えのある車が視界に入る。同時に心臓が大きく脈打った。

雄吾さんと同じ車が前方で信号待ちをしている。彼の車は外国製。色はスタンダードなホワイトだけど、2ドアのスタイリッシュなフォルムは周りの車の中で一段と目を引くし、鮮明に記憶している。

いやでも、滅多に見ない車種ではあるけれど、同じ車に乗っている人だっているだろうし……まさかそんな。

嫌な動悸がして思わず立ち止まったまま動けなくなった。

ナンバーはこの角度からは見えない。その車は信号が青になると、ゆっくり左折をした。私はこの時ばかりは体調が芳しくないことも忘れ、その車を追いかける。左折後すぐに今度は右折をして徐行するのを見て、また立ち止まった。車は道路を挟んだ向かい側にそびえたつタワーマンションへ入っていく。

ここは雄吾さんのマンションではない。つまり、雄吾さんではなく別の人の車という可能性が高い。

理性ではそう判断しているにもかかわらず、なんだか気になってしまってその場から離れられない。エントランスが見える場所へ足早に移動して物陰に身を潜めてまで、車の様子を見る。

なぜこんなことをしているのだろう。自分で自分がわからない。だけど、なんだか

男性の姿を見て息が止まる。

目を凝らして動向を窺っていると、止まった車から男女ふたりが降りてきた。男性の姿を見て息が止まる。

嫌な予感がする。

雄吾さん――。

多少離れていても、スタイルのよさや立ち振る舞いから彼だと確信する。まさか、彼の九頭身近いモデル体型が仇《あだ》となるなんて。

愕然としながらも、瞳にはふたりの姿が映し出される。雄吾さんは車のトランクを開けてオレンジベースの花束を手に取り、彼女に渡していた。

女性はここから見てもわかるくらい、すごく喜んでその花束を受け取った。

はっきりとはしないけれど、二十代くらいの雰囲気の人。ふわっとした印象の服装で、清潔感がある。たとえるなら、お嬢様のような……。

そこまで考えてハッとする。

もしや、あの女性が樫山果乃子さんなのでは？　雄吾さんのスマートフォンが見えた時、年齢は二十五歳となっていた。

そのくらいの年齢と言われたら、そうとしか見えなくなる。樫山フードのご令嬢なら、あの若さで立派なタワーマンションに住んでいても納得がいく。

雄吾さんは、さらになにか紙袋を手渡して、彼女と別れて車に乗って行ってしまった。その女性は、雄吾さんの車が見えなくなるまでずっと見送っていた。

車が完全に行ってしまうと、彼女は踵を返し、エントランスの自動ドアへ歩き出す。

その際、愛しそうに花束にキスをして。

「――っはぁ、はぁ」

いつから自分が息を止めていたかも覚えていない。呼吸が苦しくなって、肩で息を繰り返す。

もう、真実がわからない。

宇田川さんから聞いた縁談の行方や、雄吾さんの行動の理由も。

彼は女性を騙《だま》す人じゃないと信じている。でも、それならそんな彼が自分の車で彼女を自宅まで送り、帰り際に花束をプレゼントする事情って？

頭の中でぐるぐると考えが回るものの、答えは一向に導き出せなかった。

『彼氏とお幸せにな』と言ってくれた三橋くんの言葉が、なぜか今、脳裏に蘇る。

私……いつしか雄吾さんとの幸せが思い描けなくなっている。

彼への想いが募るほど胸が引き裂かれるように痛く、つらい――。

裏切られた、だなんて思っていない。

この数カ月一緒にいて、どうやっても彼が女性をたぶらかすような人とは思えないから。

だけど今、彼としっかり膝を突き合わせて話をするまでのメンタルは持ち合わせていない。雄吾さんのスマートフォンを見て以降、胸がざわつくことが続きすぎたせいだと思う。

自分が恋愛に振り回され、日常に支障をきたすタイプだとは……。

恥ずかしいやら情けないやらで、私は自宅への道のりをふらつきながら歩いていった。

翌朝。会社に向かうため家を出て駅までたどり着いたものの、ホームで立ちくらみがして倒れてしまった。駅員室で少し休ませてもらい、会社に連絡をしたら休んでいいと言われ、自宅に引き返した。

ああ、部署のみんなに迷惑をかけてしまって申し訳ない。それに、今夜は雄吾さんと会う予定だったのに。

ベッドの上でコロンと身体を横に向け、一点を見つめて考える。

彼へはさっき、メッセージで事情を送っておいた。

なるべく深刻にならないように、季節の変わり目もあってちょっと体調を崩しただけだと。

ここ最近、悩みすぎて食欲が落ちていたけれど、ふいに別の理由もあったと思い出した。

月のものが近かった気がする。そういう時期はやっぱりいつもよりも食が細くなりがちだから、それもあるかもしれない。そうだ。備品が切れそうだったはず。買い物に行っておこう。ついでにゼリー飲料とか冷凍食品とかも用意しておこう。

むくりと身体を起こし、近くのドラッグストアへ向かう。

カゴの中へ、念のための経口補水液、風邪薬と少し高めの栄養剤を入れていく。それからついでに、と日用品も追加し、目的のひとつだった生理用品のコーナーに足を踏み入れた。

愛用しているメーカーの商品を探していくうち、ふと気づく。しばらくの間、商品棚と向き合って固まり、カゴを足元に置いてスマートフォンを取り出した。スケジュールアプリを開き、先月と今月を何度も行き来する。

あれ？　今月の予定って……五日前？　もうとっくに来ているはずなの？　毎日別のことに意識がいっていて全然気がつかなかった。

瞬間、ドクッと心臓が震える。

いや、待って。たった五日だし、ここ最近ストレスとか疲れとかあってイレギュラーで遅れている可能性があるよね。まあ、いつもぴったり来るからびっくりはしたけれども。

陳列された商品に視線を戻し、パッと隣の棚を見る。目に入ったのは妊娠検査薬。得も言われぬ緊張感に襲われる。まさかと何度も心の中で繰り返し呟いて、身動きが取れない。

私は数分その場で悩んだ末に、手の届きやすいところにあった商品を掴んでカゴに放った。会計を済ませ、アパートに向かう足取りが心なしか速くなる。

これは念のため。ずっとモヤモヤした気持ちを抱えるくらいなら、一度使ってみようかなと思って。陰性ならそれですっきりするし。保険みたいなもの。

『冷静に、冷静に』と言い聞かせる。しかし反面、不安要素がいくつも頭に浮かぶ。

ここ最近、調子が変なのももしかして……。

アパートに戻るなり、エコバッグから妊娠検査薬を取り出した。いつもであれば、説明書類は入念に読み込むタイプなのに、今ばかりは気が急いて流し読みしかできない。とにかく白黒はっきりつけたくてトイレへ駆け込んだ。

そして、約三分後。

「嘘……」

判定の枠にかなり薄い線が見える。薄いのはフライングだから……？　だけど薄いといっても目視でわかるほどの濃さはあるから、きっと判定は間違ってはいない。

手にしたスティックを茫然と見続けていると、リビングからメッセージの着信音が聞こえた。ふらふらとリビングへ戻ってスマートフォンを確認する。

【具合大丈夫？　春奈が迷惑じゃないなら、今夜様子を見に行こうか？】

彼からのメッセージを見た途端、決壊したように涙があふれた。

もうわからない。想う心は変わらないのに、あれやこれやと現実ばかり引き合いに出して保守的な考えになっている。

雄吾さんに、懇意にしている取引先のご令嬢との縁談が持ち上がっていること。

それを知った弟の尚吾さんが、身代わりになって縁談を受けようとしていること。

雄吾さんが縁談相手らしき女性を気にかけていること。

私が、妊娠している可能性があること――。

スマートフォンのディスプレイをただ見つめる。

さっきの検査結果を言う……？　だけどまだ確定ではない。それに、仮にそうであったとして、雄吾さんは受け止めてくれる……？　彼の周りの人はどう？　樫山果乃子さんとの縁談が白紙になったなら、彼の会社や家族にもなにかしら迷惑がかかるはず。それに、尚吾さんにどんな顔をして挨拶すればいいの。

言ってみれば私の存在のせいで、尚吾さんは事務的な縁談を受けなければならなくなって。そのうえ、私がすでに雄吾さんの子を身ごもっているとでもなれば、私の身勝手さに辟易《へきえき》するに決まっている。絶対に心象が悪い。

当然、そういう感情は尚吾さんだけでなく、楢崎家から向けられる。

雄吾さんはご家族と円満なのだと思うし、仲違いさせるのをわかっていてまで、私は彼に手を伸ばそうと思わない。

それから、私が理由も言わずに彼へ一方的に別れを告げたのは翌日のことだった。

4．忘れられない時間

彼女とは、別れてもう約二年経っていた。それでもずっと心の中に残っていて、記憶は色褪せない。

そんな春奈を偶然見かけてから、四日が経った。

処分できずに温め続けていた指輪を持って二年越しのプロポーズをし、拒絶された一昨日のことを思い返しながら車を走らせる。

春奈に受け入れてもらえなかったのは事実だが、どこか様子がおかしかった気がする。

記憶の中の彼女はまっすぐで正義感の強い人だった。だめなものはだめだと言うように、嫌なものもはっきりと意志表示しそうなものなのに。

単なる自分の願望かもしれないけれど、彼女の心が僅かに揺れていた気がしてならず、できるなら今すぐ彼女の元へ駆け出したいところだった。

しかし、曲がりなりにも今はグループ会社をひとつ任されている身。業務に影響はさせられない。……と、建前を頭の中で並べつつも内心ではいてもたってもいられず、昨日のうちにかなり仕事を前倒しして進めた。

さらに秘書にも若干の無理を言って、週明け以降のスケジュールも調整してもらっている。

人生において仕事は大事だと思っている。働くことは生きることで、生活の基盤であり社会に貢献もできるものだ、と。

だけど今回だけは……今ばかりは彼女との時間を優先する。叶うなら、もう一度彼女と歩み寄りたい。

こんなにも執着するのは、元々彼女への気持ちが深かったのもあるが、おそらく別れが不完全燃焼だったのだろう。

あの時、強がってあっさり彼女からの別れを受け入れてしまった。

もちろん、当時簡単に受け入れられたわけじゃない。別れを切り出す彼女を問いただしたかったたし、繋ぎ止めたかった。でも、なにひとつできなかった。

彼女の目が僕の知るそれと違っていて、まるでこれまでの過去もすべて拒否するようなものだったから——。

過去を思い返し、一瞬、心臓が恐怖で震えた。

もう一度あの目を向けられたら、僕は耐えきれるだろうか。

フロントガラスの向こう側を見つめ、ハンドルをグッと握る。

結果がどうなるかを、今はまだ突き詰めて考えなくていい。とにかく、この機を無駄にせず、初めて感情任せになると決めた。

横浜までやってきたのはいいものの、彼女の家はおろか、勤め先すら知らない。手段を選ばなければ調べられないことはないが、さすがにそうしてしまうと完全に彼女の心が離れる気がして選択肢にはあがらなかった。

可能性のある場所といえば、初めに見かけたカフェ、駅。そして、彼女の子が通う保育園。

会える確率が高いのは、当然保育園だ。駅だと人も多いし、なによりイレギュラーな別ルートから帰宅することもありうる。それと比べれば、保育園なら人であふれかえるわけでもないし、送迎の時間はある程度決まっているだろう。

ただ、懸念しているのは今日が土曜日ということ。最悪の場合、今日は保育園を休んでいる可能性がある。そのあたりはもう祈るしかない。

運が僕に味方してくれますように――。

パーキングに車を停め、徒歩で保育園方向へ移動をしながら考える。

少ない候補のうち保育園は会える確率が高いからといって、この先毎回保育園のそばをうろうろするのは春奈に迷惑がかかる。できれば今日、彼女の連絡先を聞きたい。

足を止めてポケットからスマートフォンを取り出す。連絡先の中には、今もあの頃のまま春奈の番号が残っていた。

未練がましいのはわかっているが、自ら消す決断を下せないまま今日まで来た。

別れた後に一度だけ、酒に酔った勢いでこの番号に発信したことがある。彼女と別れて一年経たない頃だった。すると、すでに他人の回線になっていたようで、謝ってすぐに通話を切った。直後、絶望した。

春奈はいつの間にか勤めていた会社を辞め、アパートも引っ越して行方がわからなくなっていた。それでも心のどこかで連絡を取ろうと思えば取れると甘い考えを持って仕事に没頭していた僕は、彼女との繋がりが完全に断たれていたとわかり、人生で一番落ち込んだのだ。

スマートフォンを再びポケットにしまう。だけど、考え事をしていてそのまま動かなかった。

この間、保育園で会った女の子は、本当に春奈の子なのだろうか。

春奈本人の受け答えは実の子どもだといったものだったけれど、こちらから指摘した通り、持ち物の記名は『古関』だった。

この場合、考えられる可能性はいくつかある。

ひとつは彼女の言う通り、本当に春奈の子どもで、なにかしらの理由があって相手と籍を入れずに生活しているもの。

もうひとつは、本当は彼女の子ではなく、親戚にあたる子どもかもしれないというもの。

最後のひとつは……僕との——。

口元を右手で押さえ、心の中で呟いていたその先の言葉を押しとどめた。

僕との子どもだったとしたなら、ざっと逆算すると子どもは一歳半にならないくらいのはず。

普段、あまり小さい子どもの月齢を意識していなかったから詳しくはない。でも、僕には二カ月前に一歳を迎えた姪がひとりいる。彼女が連れていた子は、その姪と同じくらいの大きさだったように思う。つまり、一歳になるかならないかくらいではないだろうか。

——『私、あの後すぐ、地元の知り合いと結婚したんです』

そうだとすれば、彼女のあの言葉は正しいのかもしれないいな。

冷静になれと自分に言い聞かせる反面、やっぱり衝撃は大きく心は落ち込む。でも、気持ちが沈むだけで、彼女に対しての想いが冷めることはなかった。

むしろ、正義感と行動力のある彼女は、同等かそれ以上の責任感も持っている。そんな春奈だから、ひとりで子育てをしているとしたら、なにもかもひとりで抱え込んでいるのではないかと心配になる。

僕は春奈の子の出生がどんなものであっても、すべてを受け入れられる。それほどに、彼女を取り戻したい気持ちが強い。

ただこちらがよくても、彼女と子どもたちの気持ちが大事だ。そのあたりをクリアしなければならない。そう考えると問題は山積みだし、なによりもまず彼女が僕を受け入れ、求めてくれなければ意味がない。

待っている間、長いとも思わずひたすら彼女のことを考え続けていた。すると、聞き覚えのある声がする。

「はい、じゃあ先生に『さようなら』して」

僕は春奈の声だと確信し、弾かれたように顔を上げる。

彼女が保育園の敷地を出てくるタイミングを窺っていたその間に、「ばいばい」とかわいらしい挨拶が聞こえた。あれはおそらく、春奈の子どもの声だ。

仕事でも、ここまで緊張したことはない。春奈の気配が近づくにつれ、動悸が速くなる。

彼女が角を曲がってきたところで姿を現す。その直後、驚いた顔を見せたのは春奈だけではなく、自分自身もそうだった。

春奈の横には、彼女の子どもと同じくらいの男の子を抱っこしているスーツ姿の男性がいる。

春奈の声と近づいてくる気配だけを感じ取っていたため、彼女の隣に誰かがいるとは思っていなかったのだ。

視線を交錯させたまま固まって動けずにいる僕と春奈の時間を動かしたのは、その男性だった。

「ハル？　知り合い？」

「う、うん。東京にいた頃にちょっとお世話になったことがあるの」

春奈はその男に聞かれて、気まずそうに濁して答えた。

内心すごく動揺して、嫉妬もしている。しかし、ここでそういう感情を出してはいけない。相手に弱みを見せることは不利になる。

そうして僕はいつものように口角を上げて穏やかな口調を心がけ、ビジネスライクに名刺を差し出した。

「急にすみません。わたくし、『NARASAKI《ならさき》不動産SC《エスシー》マネジメント』代表取締役社長をしております、楢崎雄吾と申します」

春奈の隣にいる男は名刺を受け取ると、ジッと見て呟いた。

「NARASAKI不動産の社長で、〝楢崎〟……へえ。ハル、随分立派な方と知り合いなんだ」

彼が半笑いで言った後、春奈は明らかに困り顔をしていた。

「あ、ちょうど今日は仕事に借り出されていたので、僕も名刺持ってます。どうぞ」

そう言って、その男もこちらに名刺を渡してきた。僕は彼の名刺に目を落とし、心の中で左上の文字から読み上げていく。

『いづみフィナンシャルグループ　いづみ銀行　横浜支店』……メガバンクの一行だ。それも、いづみの横浜支店は出世組が配属される支店のひとつ。

彼の肩書きにも驚いたが、中央の氏名部分でさらに度肝を抜かれた。

「古関海斗です」

心の声と彼の声がリンクする。

「……古関？」

〝古関〟だって？　それはつまり、古関家に入ったということか。そう言われてから彼が抱いている男の子を見れば、彼にも春奈にもどことなく似た顔立ちに見える。しかし、ベビーカーに座っている女の子は？　月齢は男の子と同じくらいだと思う。もしや、双子？　じっくり見比べれば口元とか似ているかも……。

疑念を抱いていると、追い打ちをかけるように春奈が言った。

「夫なんです。この人、次男だったのもあって、婿養子に承諾してくれて。じゃあ、私たちこれから買い物があるので。ね、海斗」

「ああ。じゃ、俺たちはこれで失礼します」

立ちほうけている間に、春奈たちは行ってしまった。

彼女を振り返ることもできないほど衝撃を受けていた。今しがたもらった名刺を持つ手に、グッと力を込める。

彼の選んだ道は現実問題、僕が選択するには難しいことだ。どうしても、楢崎の名前が邪魔をして婿養子に入るのは困難だから。もしも、それが春奈の提示する条件ならさすがに厳しい。

再起不能なまでに打ちのめされて、そのままふらふらと車に戻った。シートに腰を沈め、しばらく動かずに項垂れる。その後、しんと静まり返った車内で春奈の隣に当然のように立っていた彼を思い出しては、歯がゆい気持ちになっていた。

「……ちくしょう。なんで僕は、あの時」

爪が手のひらに食い込むくらいきつく手を握り、ハンドルに一度打ちつける。

状況は完全に詰んだ状態だ。頭ではわかっているし、何度も心の中で繰り返した。

彼女が幸せなら喜んで身を引く——そういう心持ちだったはずだろ。これじゃ、なにも変わらない。

もうここに用はなくなったはずなのに、一向に東京へ戻ることをせず、僕は横浜市街をふらふらとしていた。

気づけば夜になり、すっかり寒くなる。しかし、空腹も寒さもなにもかも気にならず、もう何時間も海をぼんやり眺めていた。

ふいにポケットの中でスマートフォンが振動する。おもむろに出して確認すると、秘書からのメッセージだった。

一気に現実に引き戻され、ベンチから立ち上がり駐車場へ踵を返す。トレンチコートのポケットに手を突っ込み、無心で足を進めていたら前方をカップルが歩いていて歩調を緩めた。

人の幸せまで羨むようになったら重症だ。

ひとり密かに嘲笑し、前にいるふたりを追い越そうとした瞬間、女性の声が耳朶に触れる。

「海斗の手、あったかーい」

……カイト？

『カイト』という名前は記憶に新しい。今は一番思い出したくない名前だ。

偶然同じ名前だった赤の他人に敵意を抱いても仕方がない。そう思い直したところに、女性へ返答する男性の声が聞こえてくる。

「マリはいつも足まで冷えてるもんな。冬は俺なしじゃ寝られないんじゃない？」

途端に身体中沸騰するような熱さを感じ、同時に怒りが込み上げた。

この声……この男は、紛れもなく春奈の夫の〝古関海斗〟だ。スーツではなく私服姿だが、間違いない。

女性は古関海斗の腕に絡みつき、はにかみながら返す。

「ふふ。いい湯たんぽだよねえ。今度一緒に暮らすようになったら、冬は毎晩熟睡かも。助かる～」

「俺はいいけど、ちゃんと体質改善したほうがいいんじゃないの？」

「海斗はそういうとこ真面目だよね。子どものお世話をし始めてから、私の体調とかそういうの気にかけるようになったし。私にとってはありがたいけど」

「あー。家に妊娠中、冷え性で大変そうな人がいたから余計にな。ま、体温の高い子どもたちと三人で寝てるから、ちょうどいいいんじゃないか？　さすがにそこまで俺は面倒見切れないって」

そこまで聞いて、いてもたってもいられず古関海斗の肩を掴んだ。彼は突然のことに驚倒し、目を大きく見開いて俺を見た。

「あ、あんた」

「ふざけるな！　春奈がいるのにどうしてお前は……っ」

肩の次は流れるように胸ぐらを掴みかかる。完全に頭に血がのぼっている俺は、周囲も気にせず彼しか視界には入っていなかった。

「絶対に許さない」

怒りがふつふつと込み上げてくる。奥歯を強く噛みしめて、古関海斗を睨《にら》みつけた。

春奈がいるのに。あんなに頑張り屋で素直で健気で……魅力的な相手がいてもなお、この男はこうして外で他の女性と親しげに……！　しかも、あたかも春奈を捨てることを前提で話をして、平気でへらへらと笑っていた。

血管が浮き出るほど手に力を入れ、彼の上着に皺を作って締め上げる。だが、古関海斗は初めこそ動揺していたものの、今ではすっかり冷静さを取り戻していた。連れの女性に車のキーを渡し、「心配ないから先に車に戻ってて」と笑顔で送り出す始末だ。

余裕のある態度に、こちらはさらに腸《はらわた》が煮えくり返る。女性が立ち去るや否や、顔を近づけて低い声を漏らした。

「お前、どういうつもりだ」

「あー、俺たち家族の問題なので。他人は口を挟まず放っておいてくれます？」

彼はまったく動じず、俺の手を払いのけると涼しい顔をしてそう言った。そして、上着の皺を伸ばしつつ、淡々と口にする。

「もうハルに構うのはやめたらどうですか？　楢崎さんはグループ内外で非常に期待されている次期後継者なんでしょうし、正直言ってハルはあなたにとって汚点にしかならないでしょ」

冷笑にも思える薄ら笑いが、ものすごく腹立たしい。そうかといって、さっきみたいに暴力で相手をねじ伏せても意味がない。

幾分か冷静になった俺は、掴みかかりたい気持ちをグッとこらえ、声を絞り出す。

「訂正しろ。彼女も子どもも汚点なんかじゃない。むしろ、彼女にとっての汚点は君だろう。言い逃れはさせない」

春奈がいて、なぜあんな行動を取れるんだ。

春奈は知っているのか？　いや、この男ならうまく隠していそうな気もする。現場を目撃してしまったからには、俺が春奈の味方にならなければ。

強い気持ちで対峙していたら、彼は場にそぐわないため息をこぼした。どこまで人をバカにするのかと理性が切れかけた時、打って変わって真剣な目を向けられる。

「俺には理解できないな」

「なに？」

「それだけの気持ちがあって、なぜ二年前ハルを追いかけなかった」

突如、鋭い指摘を投げかけられて、さっきまでの威勢が萎む。

「それ……は」

一歩後ずさり、過去がフラッシュバックした。

――『別れたい』

頭の奥で、当時の春奈の声がこだまする。

あの時、僕が『どうして』と一度問いかけたら、ものすごく冷え切った瞳を向けられて『やっぱり荷が重いと思ったの。ごめんなさい』と返された。

僕との結婚に対して荷が重いとはっきり告げられて、為す術をなくしてしまった。彼女を追いかけるために家を捨てる決断もできず……。なんなら、仮にそうして彼女を説得したところで、家族と縁を切るのと同等の行動を咎められそうだと思ってしまった。

どうにか繋ぎ止めたところで、結婚にせよ恋人関係の持続にせよ、春奈に我慢を強いることになるのは本望ではない。また、彼女もまっすぐな人だから、俺ひとりが抱え込んだりするのも嫌がるだろう。

そんな建前と離れ難い本音がせめぎ合い、結局一歩も動けずに時間ばかり過ぎていった。

僕が追いかけるのはエゴだと思った。追いかけないことが唯一彼女にしてあげられることだと、当時の僕は本気でそう考えた。

過去に引きずられていると、古関海斗が冷やかに言い捨てる。

「当時は婚約者の機嫌取りに忙しかったからか？」

彼の声は耳に入っていたが、理解が追いつかない。ただ、ひとつのワードが引っかかり、無意識に繰り返していた。

「婚約者……」

片手を口に添えて考えていると、彼が嘲笑う。

「結局、本当に弟に代わってもらったみたいだが、結果的に弟とその女性とは仲睦まじくやってるみたいじゃないか。今日あなたに会って、記憶をたどって経済誌のバックナンバーを見たら、あなたはもちろん、弟夫妻も載っているのを見たよ」

経済誌は、彼の肩書きから察するに欠かさずチェックしているのだろう。

それはいいとして。

「弟に代わってもらったって、なんの話だ？」

さっきから、まるで意味がわからない。もしかして、この男は自分の不貞をごまかすために、わけがわからないことを言っているのか。

きつく睨みつけたが、彼にはやはり効果はない。ペースを崩さず、冷静に話を続けてくる。

「大企業を代々継ぐ家では、俺たちの常識が通用しないんだなと思いましたよ。政略結婚だからって、縁談が兄弟どちらでもいいだなんて」

顔を顰めながら思考を巡らせる。

――『縁談はどうしたんですか？』

ふいに、再会して初めて言葉を交わした日の春奈が脳裏をよぎった。

あまりに小さな声で、あの瞬間はほとんど聞き取れなかったけれど……あれはもしや『縁談』と言っていたのか？　なぜそんな言葉を。いや。まずは目の前のこの男と話をつけなくては。

彼からの鋭い指摘に一度ぐらついた態勢を立て直し、しっかりと返す。

「過去のことは責められても仕方がない。だから僕は春奈が今、君と幸せに暮らしているならあきらめざるを得ないと、気持ちに踏ん切りをつけようとしていた。けど、君が不誠実を働いているなら話は別だ」

そこまで告げ、さらに正々堂々と正面切って宣戦布告をする。

「彼女をあきらめない。もう一度振り向いてもらう。僕のすべてをかけてでも」

こんな男に春奈も、春奈の子も任せられない。

彼女を傷つけてしまうかもしれないけれど、将来を見据えてちゃんと現実を伝えたほうがいい。僕は隣にいるのを許されなくても、彼女が大変になった際に手を差し伸べられる存在のひとりになれたらいい。

片時も目をそらさずに占関海斗へ決意表明をすると、彼はなんとも言えぬ表情で、ぽつりと答える。

「せいぜい頑張ってください」

そうして彼は、悪びれもせずに先に行かせていた彼女の後を追って行った。

＊　＊　＊

今夜も穂貴と詩穂は布団に入るなり、すぐに寝た。保育園でたくさん遊んで疲れていたのだろう。

リビングに戻ると、母が私を見て目を丸くする。

「あら、ハル。ふたりはもう寝たの？　じゃあ、先にお風呂いいわよ？　今日も仕事で疲れてるだろうし、子どもたち寝始めたばかりならゆっくり入れるでしょ」

「え、でもお母さんも今日は通しで仕事だったじゃない。先にいいよ」

「仕事と子育てを両方していると疲れるものよ。ほら、いいから。お母さんテレビ見てるし」

結局、母の心遣いを受け取ってゆっくりとお風呂に入った。

母は私が妊娠していてひとりで産んで育てたいとお願いした時、ひどく怒った。

当然の反応だと母の叱責を甘んじて受け入れるつもりでいたら、母の怒りは私が思っていた内容とは違っていた。

母は『ひとりでなんて難しいに決まっているでしょう。産む覚悟を決めたのなら、周囲に頼ることを覚えなさい。絶対に意地を張らないこと』と言ったのだ。

　これまで両親は口うるさくなにかを注意したり、命令したりすることはなかった。それは私を信頼してくれているのだと、歳を重ねてから思うようになった。

　私は両親の信頼を最悪な展開で裏切ったと、ずっと俯いていたけれど、母のその言葉で初めて顔を上げ、目を合わせることができた。

　湯船の中で二年前を回想し、お風呂から上がって再び薄暗い部屋に戻った。ふたりの寝顔を見つめ、自然とこぼれた笑顔が、ふっと消える。

　雄吾さん……ショックそうな顔をしていた。逆の立場になったらと考えれば、彼の気持ちは痛いほどわかる。けれども、咄嗟に嘘が口を突いて出てしまった。

　これでもう、本当に終わりだ――。

　とてもひと言では表現しきれない感情があふれ、思わず胸を押さえた。そこに襖をノックされる。気持ちを落ち着かせて「はい」と返事をすると、襖をそーっと開けて顔を覗かせたのは海斗だった。

「あ、海斗。おかえり」

「ただいま。おー。ぐっすり寝てるな。すごい寝相だ」

ふたりの寝姿を見るなり小声でそう言って、笑いを押し殺している。

私は布団をかけ直してくれる海斗に改めて謝った。

「あのさ。今日は本当にごめんね。急にあんなこと言って」

保育園に迎えに行った時に、雄吾さんに向かってついた嘘の件だ。

彼とあの場で別れた後、海斗からは即、事情を説明するよう詰め寄られ、彼が双子の父だと伝えた。

当時、私は妊娠について両親に報告したが、最後まで子どもの父親については話をしなかった。相手の名前を聞けば驚くと同時に、相手側が認知して跡取りとするか、または家名に傷がつくなどという理由で母子ともども無下に扱われるかもしれない……などと考えが及び、余計な心配をかけないに越したことはないと判断した。

結果的に、両親は絶対に気にはなっていたはずなのに、私の意を汲《く》んでくれたのか、相手については現在までなにも言及してこない。

そんな中、海斗だけは私の事情を詳しく知っている唯一の人間だった。

面倒見のいい性格に、事実を吸い上げ相談に乗り対処するような仕事柄もあってか、身重の私に向かって『なぜこうなったのかを教えろ』と、ストレートにぶつかってきた。

だけど私も、簡単に話せる内容ではない上、教えれば軽蔑される可能性も考えてなかなか口を開けずに悩んだ。

すると、海斗が真剣なまなざしで『教えてくれなきゃ、これからのサポートも半端になるだろ』と言ってくれたのだ。

その頃、私も自分ではわからなかったのだが、つわりの他にひとりで色々と抱えていたために体重が落ちて、心もひどく弱っていたのだと思う。

海斗に泣きながら、付き合っていた相手は大企業の御曹司で、お腹の子たちは、将来的にその大企業の経営者となる彼の血を引いていると説明をした。

そして、その事実は海斗以外には誰にも言うつもりはないし、雄吾さんにも隠し通すと宣言していた。

だから海斗は今日、私の咄嗟の嘘もなんとなく察してうまく合わせてくれた。

「それはいいけどさ。実は俺、さっき楢崎さんに偶然また会ったんだよね。もしかしたら、俺が弟ってことバレるの時間の問題かも」

「えっ」

思わず声のボリュームが大きくなり、慌てて両手で口を塞いだ。布団の中の穂貴と詩穂を見やるとすやすやと寝息を立てていて、ほっとする。

それにしても、まさか一日に二度も？　本当、雄吾さんとは昔からなんだかそういった縁がある。

自分がいない時にふたりが遭遇した話を聞き、続きが気になって仕方がない。食い入るように海斗を見ていたら、スッと立ち上がった。

「ちょっと来て」

海斗に誘われ、忍び足で廊下に出る。海斗の部屋に入るなり、一冊の雑誌を開いた状態で渡された。

受け取った誌面の隅には、十五センチ四方程度の写真。その中に映っているのは、知らない美形な男の人とかわいらしい女の人だった。

「これ、見せるか迷ったんだけど。その下の写真の人だろ。ハルが昔話してくれた、楢崎さんの政略結婚の相手って」

記事の写真を凝視する。

二年前に雄吾さんが花束を渡していた女性？　たしかにそう言われれば……。

「……多分。こんな雰囲気の人だった。でも間近で顔を見たわけじゃないから。それにもう数年前のことだし。どうしたの？　急に」

この女性に対して負の感情は抱いていないものの、当時の苦しい気持ちが蘇り、誌面を直視できなくなる。

「いや。なんつーかさ。違和感があったんだ」

「違和感って？」

海斗は私の手から雑誌を抜き取り、写真に視線を落として答える。

「さっき。この政略結婚相手の話題に触れた時、あの人、驚いてはいたけど図星をつかれたものじゃなくて……こう、まるで初耳みたいな反応だった気がするんだよな。後ろめたさとかまったく感じられなかった」

海斗自身もはっきりわからないような、そんな口振りだった。だけど聞かずにはいられなくて、さらに問いただす。

「それ、どういう……」

間が悪く、海斗のスマートフォンに着信が来た。海斗はジーンズのポケットからスマートフォンを出して操作する。すぐに耳に当てたりしないところを見れば、電話ではなくメッセージみたいだ。

その短い沈黙の間にも、今しがた話していた件が気になって仕方がない。

海斗の話だと、まるで雄吾さんが弟さんを巻き込んだ縁談を一切気にしていない冷たい人という印象を受けた。だけど、雄吾さんはそういう人じゃない。彼はいつも優しくて、思いやりがあって……。だからこそ、自分のために平気で誰かを犠牲にするなんてこと、するはずがない。

そこまで考えて、ハッとしたのと同時に海斗が声をあげる。

「おいおい。なりふり構ってられない感じ」

驚き交じりに苦笑する海斗は、スマートフォンを渡してきた。私は首を捻りながらそろりと受け取る。ディスプレイを見て心臓が大きく跳ね上がった。

【彼女にもう一度だけ話をしたいと伝えてほしい。　楢崎】

そこには要約された一文のみが表示されていた。

頭が混乱して、無意識に助けを求めるように海斗を見上げる。

「あー。今日一緒に保育園に迎えに行った時、俺の名刺渡したからな。楢崎さんも本当は俺に連絡なんてしたくなかっただろうに。どうする？　ハル」

海斗に連絡が来た経緯を理解し、ほんの少し気持ちが落ち着いた。胸の前できゅっと手を握り、決意を固める。

私は彼からのメッセージを今一度瞳に映し出し、口を開いた。

「最後に一回だけ会ってくる。海斗が都合のいい日にしていい？　私が彼と会っている間、ふたりの面倒見ててほしいの。家族の中で一番懐いてるのは海斗だから、海斗がいてくれたら安心なんだけど……」

きっとその日は子どもの心配をする余裕すらなくなる可能性もありうる。自分がいっぱいいっぱいになるのがわかるから、せめて子どもたちに不安が移らないように海斗にお願いできたら助かる。

海斗は「ふう」と息を吐き、こちらをジッと見る。

「わかったよ」

「本当に⁉　ありがとう！　今度お礼するから」

今回だけでなく、これまで海斗がいなかったら私はもっと大変だった。海斗は態度や言葉はぶっきらぼうだったりするけれど、家族思いの頼れる弟だ。

「じゃあ、ふたりが起きたら困るから私は部屋に戻るね」

「ハル」

「うん？」

部屋を出ようとした時に、呼び止められる。振り返ると、海斗がいつにもまして深刻そうな顔つきをしていた。

「前々から話してたけど俺、来春ほぼ異動確実だからさ。穂貴と詩穂の面倒見てやれるのもそれまでだわ」

「あ、そうだよね。ごめんね、いつも甘えて」

「いや。そうじゃなくて」

「え?」

言下に否定されて戸惑っていると、どこか照れくさそうに顔を背けて言われる。

「俺が父親代わりになれるのもあと半年だ。ま、父親がいればいいってわけでもないけど、あのふたりはアクロバットな遊び好きだろ? ハルにはきついぞって話!」

私にはきついって……。いや、たしかに穂貴と詩穂が大きくなるにつれ、感じていることではある。

「世の中それぞれ事情はあるから、なにが幸せかなんて決まった答えはないけど、もしかしたらあいつらにとっては……いや。なんでもない。風呂入ってくるわ」

海斗は私の前を横切って、先に部屋を出て行ってしまった。

私には穂貴や詩穂の身体を使った遊びがきつい、から……?

海斗が去った後も部屋にとどまり、さっきの言葉の真意を探る。

もしかして、その役目を担ってくれる相手が他にいるなら……っていう話? まさか、海斗……雄吾さんのこと――。

これまで、海斗にとって雄吾さんはイメージが悪かったと思う。それは、私が必要最低限の事実しか伝えず、彼の人となりなど説明して来なかったから。

でもあんなふうに仄めかすなんて……。今日、雄吾さんと会って海斗なりになにかを感じ取ったのかもしれない。

彼のよさをわかってくれたのだとしたら、少しうれしい。そう思う私は、すごく勝手な人間だ。

だけど、私だって……本当は雄吾さんを嫌いになって離れたわけじゃないんだもの。

過去を思い返しながら、胸が切なく締めつけられた。

子どもたちのことも踏まえ、感情的にならずにきちんと雄吾さんと向き合わなければならない。私にはその責任がある。

おもむろに瞼を下ろすと、ありありと蘇るあの日の光景。

――『ごめんなさい。ありがとう、さようなら』

二年前の私は、そうやってありきたりの単語を並べ、曖昧にして一方的に別れを告げた。

妊娠の可能性があるとわかった、あの翌日の夜のことだ。

なにも知らない彼の笑顔が見る見るうちに曇っていくのを見ていられず、最後は下唇を噛んで俯いていた。

〝ひとりで決めて、お腹の子の事実も言わずに〟ごめんなさい。

〝私をたくさん愛してくれて〟ありがとう。

さようなら、〝きっとずっと忘れないよ〟。

〝どうかお元気で、幸せに〟――。

独りよがりの勝手な感情だと、わかっていた。逃げる自分は卑怯な人間だと。

当時、私は怖いもの知らずで〝大抵のことなら正面からぶつかる〟そんな性格だったと思う。

だけど、初めて正面切ってぶつかっていくのが怖かった。

彼の存在があまりに大きくなりすぎて。

だから私は自分を守るためだけに、狡い選択をしたのだ。彼からなにか言われる前に。自らのタイミングで離れたほうがダメージは少ないと判断して。

――『春奈は本当に素直だな』

以前、彼はそんなふうに微笑みかけてくれた。

うれしかった。それなのに、一番ひどいかたちで彼を裏切ってしまった。

それでも私は、次に彼と会う時にも素直にはなれないだろう。そして、最後にもう一度だけ一世一代の嘘をつく。

どれだけ恋い焦がれても、手を伸ばしたくなっても、感情を押し殺す。

すべてが終わるまでは。


その後、海斗を介して連絡を数回取ってもらい、約束は翌週日曜日の夜となった。

仕事と育児に追われる日々は、ただでさえ時間が過ぎるのを早く感じるというのに、今週はこれまでの比じゃなかった。

覚悟を決めたはずが、毎日カレンダーを見ては心が揺らいだ。会いたいけれど会いたくない、そんなジレンマが私を情緒不安定にさせる。

そして、ついに当日がやってきた。

ここ数年着る機会のなかったよそ行きのワンピースに袖を通し、スタンドミラーの前で入念にチェックする。そこにノックの音がして、襖を振り返り「はい」と答えた。

顔を覗かせたのは海斗。

海斗は敷居に繋がる柱に背中を預け、腕を組みながらこちらを一瞥する。

「準備は万端そうだな。にしても、待ち合わせ場所が横浜にあるホテルの中でハイクラスホテルのレストランって、やっぱりすげえな」

海斗ひとりでここへ来たということは、子どもたちは一階のリビングで両親といるのだろう。

私は「ふー」と長い息を吐いた。

「緊張してる？　それってどっちの？　場所？　人？」

海斗に聞かれ、ジトッとした目を向けて答える。

「両方に決まってるでしょ」

「だな。ほら。そろそろ出る時間だろ？　子どもたちに気づかれないように静かに行けよ」

海斗がいてくれて心強い。実は今日のことも、両親へは詳細を伏せてある。単に友人と食事に行ってくるとだけ伝えていた。それは全部、海斗の提案だ。

子どもたちの父親とのいざこざを説明すれば、両親を心配させるだろう。話がきっちりまとまるまでは俺が聞いてやるから、両親には結果を報告すればいい、と。

経過を話すことが悪いわけではないが、余計な心労をかけたくないというのが海斗のスタンスなのだと思った。そして、それは私も同じ。

そういえば、海斗は昔も雄吾さんを紹介しようとした際に、挨拶は百パーセント家族になるって決めた後でいいと断固として譲らなかった。

あの頃から、海斗は自分の考えをしっかり持っていたんだなと感服した。

私はバッグを肩にかけ、海斗の元へ歩みを進める。

「海斗、本当に色々とありがと。お願いね。帰る時に連絡する」

「ああ。チビたちのことは安心して行ってこい」

海斗の言葉に一度頷き、私は子どもたちに悟られないように裏口から出て、待ち合わせ場所へ向かった。


海に面した立地にある三十階以上の高層ホテルを前に、改めてこれからここへ足を踏み入れるのだと息を呑《の》んだ。

約束の時間は午後七時。腕時計に目を落とせば、午後六時三十五分だった。

まだ余裕があると確認した私はエントランスを通り、ロビーに向かう。内装を見た瞬間、圧倒されて口が開いてしまった。

白を基調としたロビー内は、シャンデリアなどの照明の豪華さも手伝ってとても明るい。爽やかさと清潔感もある。

場違いな気分になりながらも綺麗に磨かれたフロアを歩き、一番端に設置されていたソファに腰を下ろす。膝の上で両手を合わせて握り、瞼を閉じた。

これまで生きてきた中で、一番緊張している。過去の緊張エピソードなんか比じゃない。

私はゆっくり視界を広げていき、遠くを見つめる。

まさかこんな日が来るなんて。

もう一生、彼と会うことはないと思って生きてきた。それが今や、奇しくも再会し、しまいには子どもがいるのを知られる始末。

ただ、今のところ穂貴と詩穂とは血が繋がっているとは思っていないみたいだから、そこはよかった。だって、自分の血を引いた子だと知ってしまったら彼は傷つき悩むはず。

ひとりであれこれと考えていたら、ふっと影になったのに気づいて顔を上げた。見上げた先には雄吾さんが立っている。

ダークブラウンのジャケットとパンツのセットアップ。上品なハイゲージニットから覗くライトブルーのシャツは、雄吾さんらしい清涼な印象を与えていた。

「相変わらず早いね」

彼はあれだけ色々あったはずなのに、険悪な雰囲気を一切出さずに相好を崩した。

内心驚きながらも、慌ててソファから立ち上がって答える。

「いえ。雄吾さんのほうこそ」

「春奈なら、きっと早く来てると思ったから」

彼はさらりと言って、「移動しよう」とエレベーターホールに足を向けた。私は一定の距離を取り、彼の背中を追いながら動揺している心を落ち着ける。

さっきの待ち合わせの瞬間、まるで過去に戻ったみたいだった。まだ心臓がドキドキしている。

こっそり胸に手を当て、深呼吸を繰り返す。エレベーターホールに着いた時には少し落ち着いて、私たちは無言のままエレベーターに乗った。

行き先は最上階。雄吾さんがドアを開けていてくれて、私は先にエレベーターを降りる。そして、彼のエスコートでレストランへ入店するなり肩を窄めた。

ロビーとは真逆で、壁やフロアはシックな色合いをしていて、落ち着いた照明が上質な空間を醸し出している。高級感があふれ出ていて、思わず足が竦むほどだ。

「お待ちしておりました。ご案内いたします」

肩身が狭いと思っている間にも雄吾さんはスタッフと話をしていて、席へと案内される。私は転ばないよう、先を歩く彼についていくのがやっとだ。

「こちらです」

案内された先は、窓から夜景と海が望める最高のロケーションの部屋だった。

圧倒される間もなくスタッフに椅子を引かれ、とりあえず着席する。

海を一望できてこんなに広い個室って贅沢すぎる。もしかしてここはＶＩＰルームというやつなのでは……。

テーブルの上にセッティングされたカトラリーをとっても、曇りひとつ見当たらず綺麗に磨かれているし、寸分違わずきっちりと等間隔で並んでいる。コース料理なんて馴染みのないものを、雄吾さんを前にしたら余計にちゃんとできる自信がない。

落としていた視線を少しだけ上げてみると、違和感に気づいた。

「え？　席が四つ……？」

落ち着いてテーブル全体を見てみると、用意されているカトラリーの他に、ふたり分多くセットされている。もちろん、椅子も。

「ごめん。今日は同席をお願いしている人がいる」

そう説明する雄吾さんは、私の隣に着席した。

「同席って」

突拍子のない発言に胸がざわついた。

まったく予想できない。ご両親ではないよね？　じゃあ、誰？　弁護士とか……。

気になって誰が同席するのか聞き返そうとしたら、彼が先に口を開く。

「ところで、もしかして春奈の子どもって双子なの？」

「えっ。あぁ……はい」

この間、海斗と一緒に迎えに行って鉢合わせた時に、初めてふたり揃ったところを見られたんだった。

しどろもどろになって答えた後は、なんとなくさっきの話題に戻せなくて、再び俯いた。

「やっぱりそうか。かわいいけど、まだふたりは小さいから育てるのも大変そうだ」

まだ席に通されて数分なのに、もう気まずい。

居た堪れない気持ちで唇を引き結んでいるとノックの音がして、ほんの少し気が緩む。

「お連れ様がお見えになりました」

スタッフがにこやかにそう言って一歩下がると、後方から男女ふたりが姿を見せた。

「悪い。遅くなった」

フランクに謝る男性は、雄吾さんに負けず劣らず美しい顔立ちの人だった。

上質そうなスーツを身にまとい、凛とした佇まいから、おそらく私よりは年上だと思う。

「ごめんなさい。お待たせしてしまいました」

続いて鈴を転がすような声でお辞儀をする女性を見る。

その女性は私よりも年齢は下のように見える。お人形のような綺麗な黒髪と、つぶらな瞳。白い肌は触らずとも柔らかそう。ちょっと幼さが残るかわいらしい容姿をしていた。

その女性を見て、なにかが引っかかる。記憶を掘り起こしている間に、ふたりは私たちの正面の席に着く。

「春奈。紹介するよ。僕の弟の尚吾。それと、尚吾の奥さんの果乃子ちゃん」

雄吾さんの説明に目を剥いた。

〝果乃子ちゃん〟って！　二年経った今もまだ忘れずにいる自分にも驚くけれど、間違いなく雄吾さんのスマートフォンに表示されていた名前だ。

それに、顔もどこかで……。ああ、この間海斗に見せてもらった雑誌で彼女を確認していたからだ。

大きな衝撃を受け、挨拶もままならない私に対し、弟と紹介された尚吾さんは丁寧に頭を下げる。

「どうも。楢崎尚吾です」

「初めまして。楢崎尚吾の妻、果乃子と申します」

予想外の同席者に戸惑いを隠せない。いっぺんに多くの情報が入ってきて混乱するばかり。

私は茫然として、果乃子さんを黙って瞳に映していた。

この女性が――。当時、雄吾さんの縁談相手で……あの時、花束を受け取っていた人。おぼろげだった記憶も、間近で本人を見ていたら徐々に鮮明になってくる。

もう雄吾さんとは別れていても、彼女を見るとやっぱりあの瞬間に味わった胸の鈍い痛みが侵食していく。

為す術なく茫然としていたら、雄吾さんが流れるように口を開いた。

「こちらは古関春奈さん。僕が今……いや。ずっと前から片想いしている人」

「なっ……」

この状況で信じられない紹介をされ、目を大きく見開いた。同時に、弟さんご夫妻も同じく唖然としている。

そんな前置きをされて、私が挨拶できるはずがないじゃない。

しんと静まり返る中、沈黙を破ったのは尚吾さんだった。

「兄さん。事情は知っていても、ちょっと……さすがに居た堪れない」

尚吾さんはひとつ息を吐き、額に手を添えて渋い顔をしている。

もう、これはなんの所業なの？　もしや雄吾さんに新手の仕返しでもされているのではないだろうかと疑ってしまうほどだ。

顔が熱い。なにか言わなければと思えば思うほど、言葉が見つからなくて視線を泳がせるしかできない。

「ほら。彼女、驚いて固まってるよ。兄さんが公開告白なんかするから」

呆れ声で尚吾さんが指摘すると、雄吾さんはこちらを見て言う。

「春奈。いきなりごめん。でも、まず誤解を解きたくて」

「誤解……？」

雄吾さんが必死に弁明する姿に首を傾げた。

正直、今のところ現状をひとつも理解できていない。だから、この後どんな爆弾が待ち構えているのかと心の準備もできなくて、ただただ怖い。

不安げに雄吾さんを見ると、彼はまっすぐな瞳を向けてくる。次の瞬間、驚きの発言をした。

「僕はこれまでお見合いも婚約もしたことなんてない。まして弟に押しつけたりなんか！」

彼の釈明に頭の中は真っ白だ。

「ま、待ってください。これは一体なんの話を今……」

「君の旦那さんに色々言われてから、どうも引っかかった。で、僕が尚吾に政略結婚の身代わりを頼んだなんて、そんな噂が当時あったのかどうかを調べたんだ」

「もうその話は――」

「そうしたら、尚吾が心当たりあるって言って」

雄吾さんは私の言葉に被せ、切実な面持ちで言った。私は彼の真剣な顔になにも言えなくなって、口を噤む。

すると、次に尚吾さんが話し出した。

「もし、あなたが誤解をしているようならこの場で宣言します。俺と果乃子は初めからお互いが縁談相手に決まっていたし、兄は一切関係ないです」

尚吾さんと向き合い、重い口を動かす。

「え……。どういうことですか？　だって私は弟さんの……尚吾さんのご友人だという女性から話を聞いて。それに……」

なによりも、自分の目でたしかに見た。雄吾さんが親しげに果乃子さんに花束を渡しているのを。

私が瞳を揺らしていると、尚吾さんと果乃子さんが目配せをする。

「あぁ。すみません。それは宇田川のことですよね。たしかに彼女は俺の同級生です。ちょっと当時……色々ありまして。まさかこんなふうに兄さんたちを巻き込むことになっているとは」

尚吾さんは心から申し訳なさそうに声のトーンを落とし、瞼を伏せた。それから、再びこちらを見る。

「端的に言いますと〝まったく結婚なんて考えていない仕事人間の俺が無理やり見合いをさせられる〟と考えた友人が、思い込みでそういう解釈に走ってしまったんです」

「ご友人が、思い込みで……？」

そんな話って、ある？　だけど、この場にいる私以外の全員が神妙な面持ちで視線を落としている。

宇田川さんは尚吾さんに想いを寄せていたようだった。つまり、彼女の早合点だったということ？　恋愛に夢中になって周りが見えなくなるタイプには見えなかったのに……。

「本当にふたりには申し訳ないことをしました」

尚吾さんは真摯な態度で謝罪の文言を口にして、果乃子さんと一緒に深々と上半身を倒した。その姿に困惑するばかり。

信じる……？　だって、正面に並んで座るふたりを見ていたら、疑う要素などひとつもない。真面目そうな尚吾さんと、清純そうな果乃子さん。このふたりがわざわざ時間を割いて、雄吾さんにとっては今や他人の私を前に、ひと芝居を打つ可能性のほうが低そう。

とりあえず真偽は置いておいて、いまだにこちら側に頭を下げ続けるふたりに声をかけた。

「あの、尚吾さん、果乃子さん。顔を上げてください。もう過ぎたことですから。お忙しい中、横浜まで来ていただいて、逆に申し訳ありませんでした」

そもそも当時から、弟の尚吾さんを巻き込みたくないというのもひとつの理由で雄吾さんに別れを切り出したのだ。事実はどうあれ、こうして尚吾さんとさらには果乃子さんにまで迷惑をかけているのが心苦しい。

あたふたしていると、尚吾さんが私を射るように見て発言する。

「いえ。あなたには、過去のこととして話を終わらせられると困るんです」

「え？」

きょとんとして思わず声を漏らしてしまった。

尚吾さんは、再度美しいお辞儀をする。

「どうか、この後は兄とふたりでゆっくり話をしていただければ幸いです」

「ふたりって……食事をご一緒するのでは？」

素朴な疑問を口からこぼすと同時に、尚吾さんはスッと席を立つ。続いて果乃子さんが立ち上がると、雄吾さんも驚いた様子でふたりに言った。

「その予定だっただろう、尚吾。そういえばスタッフが一向に来ないな」

「ああ。俺が声をかけるまで入って来ないようにお願いした。落ち着いて話をしたほうがいいかと思って。ここを出たらスタッフに出入りオーケーと伝えておくよ」

尚吾さんはさらりと答え、さりげなく果乃子さんの腰に手を回す。

「えっ。でも」

思わず私も彼らを呼び止め、椅子から立ち上がる。すると、果乃子さんがニコリと笑った。

「大丈夫です。尚吾さんが先ほどひと言お詫びした上で、別室に用意をしていただく旨お願いしていますので。私たちはそちらで食事をいただきます」

「そういうこと。過去を含め、これ以上ふたりの邪魔はできないからな」

あっけに取られていると、ふたりがドアのほうへ移動する。尚吾さんがドアを開ける直前、果乃子さんが「あっ」と声をあげた。

「そうでした。私、春奈さんにおみやげを」

そうしていそいそと私の元に戻って来た彼女は、手にしていた紙袋を差し出した。

私は恐縮しつつも、いただかないのも非礼かと丁重に受け取る。

「なんだかすみません……わあ！　綺麗なアレンジメントですね」

紙袋を上から覗いてみたら、卓上サイズの花が入っていた。そっと取り出すと、カゴにアレンジメントされていてそのまま飾れるタイプみたい。

「雄吾さんから聞いた春奈さんをイメージして、アレンジメントしてみたんです。気に入っていただけたらうれしいです」

深紅のバラに白のワックスフラワーやミナヅキでアレンジメントされた花。バラってインパクトがある印象だけれど、周りの小花がかわいらしいからか派手すぎずバランスがいい。

これが私のイメージって、一体雄吾さんは彼女にどんな話をしたの……？

内容がまったく想像できずに恥ずかしい気持ちだけが湧き上がる。

「では。春奈さん、またお会いできるのを楽しみにしています。じゃあね。雄吾さん」

「ああ。ありがとう」

果乃子さんは私に礼儀正しく挨拶をしたのち、雄吾さんに軽く手を振って去っていった。その様が、やっぱりどこか親しげにも思えて複雑な心境になる。

再び雄吾さんとふたりきりになり、なにから話を再開させたらいいか戸惑う。席に着くのも遠慮していると、雄吾さんが急に立ち上がる。

「尚吾もああ言っていたし、このままふたりで食事をするってことでいいかな？」

そう言って、さっきまで私が座っていた椅子の背もたれに手を触れると、スタッフさながらに再び椅子を引いてくれた。おずおずと着席するも会話に困って、手にしている花を話題にした。

「花……綺麗ですね。果乃子さんの見立てでしょうか」

こんな状況でも、花を見ると心が和む。

頬を緩めて言うと、正面の席に座り直した雄吾さんが穏やかな口調で返してきた。

「見立てっていうか、それはきっと彼女がアレンジメントしたものだと思うよ」

「そうなんですか？　すごい。でも納得です。花が似合う可憐な方でした」

プロみたいに上手。こういうのって簡単そうに見えて、センスがないとなかなか難しい気がする。

まじまじとアレンジメントされた花を見ていると、雄吾さんが笑う。

「果乃子ちゃんは花を育てたりするのも好きなんだよ」

彼の返答に再び顔が強張る。

「雄吾さんは果乃子さんのこと……」

尚吾さんと果乃子さんが今では円満夫婦らしいのは、目の当たりにしたからわかったものの、肝心な雄吾さんの気持ちは知らないままだ。

「彼女のことは、ずっと妹みたいにかわいがってる。彼女は樫山フードのひとり娘で、僕たちが小さい頃から家族ぐるみの付き合いがあったから。で、今は本当に義妹だ」

くすくすと笑う彼を見て、拍子抜けした。

果乃子さんについて話す雄吾さんからは、異性に対する特別な感情は一切感じられない。

小さい頃から家族ぐるみで……。つまり、幼なじみなの？　そうだったんだ。じゃあ、雄吾さんのスマートフォンに登録されていた彼女の誕生日は幼なじみの付き合いとして……。

あの日、真っ先に彼を疑い勘違いした自分を心底責めた。

こうしてきちんと話を聞けば、もっと違う未来を歩んでいたかもしれない。しかし、もうすべては過ぎ去ってしまったことで、現実はなにも変わらない。

そこにノックの音が割り込んできた。尚吾さんが声をかけてくれたのか、スタッフがやってきて雄吾さんがオーダーする。

その後は高級フレンチを堪能《たんのう》したものの、心は完全には晴れなかった。

食事の間、彼は別れの日はもちろん、子どもや海斗の話題には触れず、料理の話や当たり障りのない雑談をしていた。私も彼の言葉に相槌《あいづち》を打ったり、時折質問に答えるかたちで会話をする程度。

どうしてもぎこちなさは残っていたが、食事の時間は恋人だった頃の時間を彷彿《ほうふつ》とさせた。

同じものを口にして、『美味しいね』と言い合って。時々目が合えば、恥ずかしくなって下を向く。彼との温かな空気が懐かしくも切なく感じていた。

しっかりとデザートまで食べ終えて、レストランを出る。会計は雄吾さんが有無を言わせず済ませてしまった。

「あの、ごちそうさまでした」

頭を下げてお礼を伝えると、彼は微笑んだ。

「春奈、まだ時間大丈夫？　少し外でも歩かない？」

この後はどうしたらいいのかと困っていたから、雄吾さんの提案にただ頷いた。

ホテルを出て、海に沿った道を並んで歩く。

こうしてふたりきりでいると、昔にタイムスリップした錯覚に陥る。私は雄吾さんと一緒にいる時間が凪《なぎ》のように穏やかでとても好きだった。

そんなことを思っていると、海風が肌を撫でていく。いつもなら肌寒いと思っていただろうけれど、今ばかりは体感温度も忘れるくらい、隣にいる雄吾さんのことで頭がいっぱいだ。心臓が信じられないほど速いリズムで脈打ち、次になにを言われるのかを懸命に考えていた。

だって、今日は雄吾さんの方から『話がしたい』と呼び出されていたから。

彼の話したかったことは、尚吾さんたちを交えた過去の噂の訂正だけではないはず。

「春奈」

至極真剣な声で名を呼ばれ、肩がビクッと揺れた。足を止めてそろりと彼を見る。

「今日は来てくれてありがとう」

あからさまに避けて、ひどい態度を取っていたのは私。非難こそされど、お礼を言われるなんて。

私は無言で首を横に振る。雄吾さんはそれを受け、苦笑した。

数秒間黙り込んだ後、彼のほうからぽつりぽつりと話し出す。

「実は僕、今の今までなにを春奈に伝えようか思い悩んでた。尚吾たちを巻き込んで過去の誤解を解くのは、僕にとって一番に重要なことではなかった」

言い終えると同時に、彼の美しく意志の強さを映し出す瞳がこちらを向く。瞬間、心臓が震えた。

〝雄吾さんの目から視線をはずしたほうがいい〟と頭の中で警鐘を鳴らすも、とうに手遅れで彼に意識を吸い込まれる。

「最重要事項は、僕が君をまだ愛していると伝えること」

雄吾さんは私の両目を覗き込んで、はっきりと言った。

『まだ愛している』という言葉に驚き、胸が早鐘のように鳴り続ける。

「ごめん。あの男が春奈のそばにいるのだけは、どうしても耐え難い。理由は……一応彼の沽券《こけん》に関わるだろうから、今ここでは話さないけれど」

なにか奥歯にものが挟まった言い方で濁され、引っかかる。

あの男って、海斗だよね？　雄吾さんが、誰かをそんなふうに敬遠するのは珍しい。それとも、この二年間で変わってしまった？　肩書きもついに社長になったみたいだし、環境が変わって冷ややかな一面も出てきたとか……。

困惑しながら頭の中で忙しなく考えていると、両肩を掴まれる。びっくりして顔を上げたら、彼は情熱的な瞳を見せていた。

「あの日、君が言っていた背の重さを、僕は今なら請け負える自信がある」

それは、別れを切り出した時に口から突いて出た方便。けれども、まったくの嘘でもなかった。

「私は……あなたに負担をかけたくはなかった。それは今も変わらない」

彼をまっすぐ見て頑として答える。すると雄吾さんは驚いた顔を見せたのち、一笑した。

「ああ。そうだった。君はとても強い人だったね」

僅かに顔を横に向けてクスッと笑う姿に、ふいにドキリとする。

彼は「そうか」と独り言のように呟き、なにかに気づいた素振りを見せる。そして、怜悧な双眼で私を捕らえるや否や核心を突いた。

「もしかして、君がすべてひとりで背負って急に別れを切り出した？　政略結婚と考えたなら、僕がそれを拒否しても会社に影響する可能性が浮かぶだろうし。なにより尚吾の犠牲の上に立つ幸せを君が受け入れるはずがない」

聡明な彼の見解に舌を巻く。

どうしてよりにもよって、ここでその頭脳明晰《めいせき》さを発揮するの。

彼の読みはほぼ合っている。唯一足りないとすれば、彼との子どもを身ごもっていたため、雄吾さんのご両親と私とで板挟みになる事態を懸念していたことくらい。

それだけは言い当てられてはいけない。婚外子がいたとわかれば、さすがに雄吾さんだって戸惑って重荷に感じるはずだもの。

「思い出を美化しているだけです。私は自分勝手な感情で雄吾さんを突き放した。それだけのこと」

あえて冷たい声色で素っ気なく返し、肩に置かれていた手から離れた。だが、私が真剣なのと同じく、彼もまた本気だ。すぐさま手首を掴んでくる。

「いい。たとえそうだったとしても」

「なに、を……放して。私、もう帰らなきゃ」

触らないで。あなたに触れられたら、瞬く間に意識が……心が過去へ引き戻される。掴まれている箇所から熱が灯り、身体の奥まですぐに伝染して、甘い鼓動を思い出してしまう。

必死に逃れようと試みるも、力で男性に敵うわけもない。彼はしっかり掴んだ私の手をグイッと引き寄せる。

「俺を見てくれ。もう一度ちゃんと」

もうほぼ彼の腕の中と言ってもいい。そこから彼を仰ぎ見て、全身全霊の想いを感じ心が大きく揺れる。

私の心情を知ってか知らずか、雄吾さんは畳みかけてくる。

「聞かせて。過去じゃない、今の春奈が抱えている本当の心の声を」

切実な声を耳にして、喉の奥から熱いものが込み上げる。

泣くのはだめ。目を逸らすのもだめ。ここは気丈に振る舞ってみせなければ。

心の中で唱えて、唇を引き結ぶ。でも私が口を開く前に、彼は痛いほど本音をぶつけてくる。

「俺ももう綺麗事を並べて逃げたりなんかしないから」

誠実な彼を前にして、胸の奥底にしまっていた彼への想いが出てきそうになる。

いや――。本当は彼と再会し、二年前の感情を思い出しているのではない。

これは、現在進行形の感情だ。

本音に気づいた途端、雄吾さんの手を振り払い駆け出した。

「待……っ！」

怖い。固かったはずの決意が、彼の前だと容易に揺らぐ。

昔の居心地のよさと、胸が温まる感覚を忘れられていない自分が顔を覗かせる。このままそばにいたら、彼との未来を願ってしまいそうで身が竦む。

心理的に離れられないなら、とにかく物理的な距離を取らなければ。

そう思って咄嗟に走り出したものの、夜道にパンプスというのもあり、易々と彼に捕まった。

「春奈！」

俯いたまま今にもこぼれ落ちそうな涙を、唇をかみしめてこらえる。

「だって……だって、どうしたらいいんですか？　果乃子さんが雄吾さんの縁談相手だったと思っていたのが誤解だってわかって。だけど、時間は進んでしまっていて」

震える声で訴えて、静かに顔を上げた。

「もう、戻れないじゃないですか」

下睫毛にかろうじてとどまる涙の粒が、彼に抱きしめられた衝撃で簡単に頬に流れる。懐かしい温もりの中で、為す術なく泣いた。

「戻らなくていい。今、ここからまた一緒に歩き出せばいい」

彼はとても優しく包み込んでくれていたが、声が掠れている。

「雄吾さんは許せるんですか？　私、勝手に勘違いした挙句、ひとりですべてを決めて一方的に別れを告げて逃げて」

私は子どもを産まないでほしいと周囲に言われるのが怖くて、雄吾さんを頼ることもせず、ひとりで……。

「許すもなにも、初めから怒っていないし、君だって好き好んでひとりで悩んだわけじゃないはずだ。それに、逃げたのはお互い様だろう。君が責められるなら、俺だって同じだ！」

彼の瞳が微《かす》かに濡れている。それを目の当たりにした瞬間、これまで以上の罪悪感に駆られた。

「いいえ。許されません。私にはもう、か――」

「旦那さんには俺が話をつけるから。春奈が俺を選んでくれるなら、なんだってする」

私に最後まで言わせずに強引に話を被せられる。雄吾さんが必死になっているのを感じ、ふと思い出した。

そういえば、さっきから雄吾さんは自分のことを『俺』って言っている気がする。

彼が自分をそう呼ぶ時は、余裕がない証拠だった。

私はそれを知っている。覚えている。

「……ごめんなさい」

後悔で胸がいっぱいになり、謝罪がこぼれ落ちる。彼のジャケットを必死に掴みながら、嗚咽《おえつ》交じりに言葉を重ねた。

「海斗は……弟です。本当は私、結婚なんかしたことないです」

どんな反応が返ってくるかが怖くて、きつく瞼を閉じる。

「え……？　で、でもさっき『自分には海斗がいる』って言おうとしてたんじゃ」

「あっ、あれは『家族を守る義務が』って言おうと……子どもたちのことで」

平謝りしたところで許される嘘ではない。本当、自分で自分が嫌になる。

私は両手を身体の前で揃え、礼儀正しく一礼しながら改めて謝る。

「咄嗟とはいえ身勝手な嘘をつい、て――」

彼の大きな手が、するりと両頬に絡みつく。そうしてゆっくりと上を向かされ、彼ともうひとたび向き合った。

その時の雄吾さんの表情は……見たことのないもの。

苦しそうに歯がゆそうに凛々しい眉を歪めながらも、私だけを映し出す瞳は美しく、かつひたむきだった。

ここまでの本気をぶつけられたことなど、いまだかつてない。

「本当は死ぬほど後悔していた。物分かりのいいふりをして、君を手放したことを」

雄吾さんの指が……震えている。

そこまで彼を追い詰め、悩ませていたと改めて伝わり、驚きを隠せない。そして、なによりも自責の念に駆られる。

「ゆ、雄吾さんはひとつも悪くない。私が」

懸命に言葉を紡いだ直後、彼の熱を孕《はら》んだ目に意識を奪われた。

今しがた震えていたはずの手が、私の頬に添えられる。

「あの時、言えずじまいだった言葉を言わせて」

もう指先は元に戻っていて、滑らかな動きで肌を撫でていく。

「俺のそばにずっといてくれないか。君と生涯を添い遂げたいと思ってる」

彼のセリフは、一気に私たちを二年前の平穏だった時へと巻き戻す。

彼に手を伸ばしたい欲を抑え、冷静に答えた。

「でも、詩穂と穂貴が」

「すぐに父親にはなれなくても、時間をかけて心を開いてもらえるように頑張るよ」

私の手を両手で握り、即座に回答する雄吾さんに思わず苦笑した。私は視線を落とし、首を軽く横に振る。

「あの子たちはすぐに打ち解けられると思います。そうではなく、やっぱり楢崎家にすると青天の霹靂《へきれき》でしょう？　世間の目もあるでしょうし」

自分の気持ちを素直に認めると、雄吾さんからの二年越しのプロポーズはとてもうれしい。とはいえ、現実を見つめると、そう簡単にはいかない。

「ごめん。それでも俺は、春奈と子どもたちとの日常がほしい。俺ができる最大限の努力をする。君たち三人を幸せにするって約束するよ」

雄吾さんはそれでも手を握る力を緩めず、揺らがぬ決意を誇示しているみたいだ。たくましい手に触れ、一瞬海斗との会話が頭をよぎる。

いいんだろうか。視点を変えれば、あの子たちに本当の父親ができる。

雄吾さんや私は周りからの風当たりが強くなるかもしれないけれど、どんな困難があっても家族みんなで一緒に暮らせたら幸せなのでは……。

「迷わないでとは言わない。悩んで迷っている春奈のままでいい。そんな君を俺は丸ごと受け止めたい」

「……迷ったままでいい、なんてそんな」

心の中が不安で揺らいでいるところに言われ、狼狽える。

だって、それは私にだけ都合のいい話だ。迷ったまま雄吾さんの手を取れば、彼を傷つけるに決まって……。

「一緒に悩んだり迷ったりする時間さえ、俺にとっては愛しい」

マイナスな感情でいっぱいの私に対し、雄吾さんは終始前向きで温かくて、情熱的な言葉だけをくれる。

その力に後押しされ、意を決して口を開く。

「あの子たちは……身体を動かす遊びが大好きなんです。海斗がよくそういう遊びをしてくれて。特に詩穂のほうが激しい動きが刺激的で楽しいみたいで」

「うん」

「想像以上に体力消耗するから、仕事が忙しそうな雄吾さんには相当きついかも」

「全然平気。むしろ楽しみなくらい」

顔を綻ばせる彼を見て、自然と目尻が下がった。

「ふたりを、笑顔にしてくれますか？」

私の最後の問いかけに、雄吾さんは目をぱちくりとさせたのち、口角を上げてはっきりと答える。

「もちろん。それと、さっきも言った通り、ふたりじゃなくて三人だ。春奈を笑顔にさせることが子どもたちも笑顔になる法則だろう？」

屈託なく笑う彼が涙で滲む。性懲りもなく私は涙腺が緩んでしまって、まともに顔を上げられない。

数分間、涙が止まらず泣き続けた。その間、雄吾さんはなにも言わずに私を抱き寄せ、背中をさすってくれる。少しだけ落ち着き、鼻をすすってぽつりとこぼした。

「ありがとうございます。私を……思い出してくれて。あきらめないでくれて」

私が逆の立場だったら、どれだけ面倒で厄介な女だろうかと匙《さじ》を投げそうだ。けれども雄吾さんは、昔から変わらず広い心で受け止めてくれるから。

「忘れられるわけがない。全部覚えてる。強い正義感があるところも、照れるとかわいいところも、人にとても優しいところも」

ぎゅうっと抱きしめられた後、おもむろに腕が緩む。それから、どちらからともなく視線を交わらせ、臆面もなく見つめ合った。

雄吾さんの唇が落ちてきそうになるのを感じ、静かに瞼を伏せていく。完全に目を閉じる直前、私の唇まであと数センチのところで彼が尋ねてきた。

「春奈が独り身っていうなら、俺——キス、我慢しなくていい？」

どこまでも、相手を思ってくれる人。

頬が火照るのを感じながら、小さく頷く。刹那、顎を掬われ急くように重ねられる。

「ん、う……ン」

夜で辺りにはちょうど人がいないとはいえ、冷静な時なら軽く交わす程度のキスで終わらせていたと思う。しかし、一度触れられた途端、感情があっという間にあふれて燃え上がる。

求めて求められる、そんなキスに酔わされて、理性なんかどこかへ影を潜めてしまった。

「んんっ、ぁ……は」

深い口づけに、否応なしに声が漏れ出る。これ以上は、と思ったところで雄吾さんがそっと唇を離した。

「春奈」

耳元で呼ばれて、背中がぞくっと甘く震える。力が抜け落ち、雄吾さんのたくましい胸に寄りかかった。

「ありがとう。またこの手の中に戻ってきてくれて」

彼は大切なものを確かめるように、私の背中に手を回して旋毛にキスを落とす。

「もうどんなことがあっても離さない」とささやいて。

実家に到着したのは、午後十時前だった。

雄吾さんが車に乗せてくれて、家の前まで送ってくれた。

私が車を降りると、雄吾さんも続いて運転席から降りる。門柱の前には海斗が立っていた。私が車で移動中に連絡を入れていたのだ。

「海斗、ただいま」

「おかえり。ふたりはずっといい子で、父さんと一緒にアニメのＤＶＤ見ながら寝ちゃったよ」

海斗はいつも通りの雰囲気で出迎える。しかし、視線を雄吾さんに向けると、急に表情が硬くなった。

雄吾さんから『家まで送るついでに、海斗くんにもきちんと挨拶しておきたい』とお願いされて、海斗に外に出てきてもらっていた。けれど、こんな感じで大丈夫だろうか。

「そうなんだ。ありがと……」

「俺は謝りませんよ。嘘をついてたのはハルだけだし」

海斗が私の声を遮り、突如ツンとした態度を見せるものだから慌てて声をあげる。

「もう、海斗！　それについては何度もごめんって言ったじゃない」

不安になって雄吾さんの様子を窺うと、まったく動じずむしろ穏やかな空気をまとっていてほっとした。

すると、雄吾さんが前に出てきて海斗に頭を下げた。

「申し訳なかった。誤解していたとはいえ、頭に血がのぼって暴力に走ってしまった」

「ぼ、暴力？　雄吾さんが？」

まさか！　ありえない！

唖然として海斗を振り返ると、気まずそうに頭を掻いて目を泳がせながら言う。

「暴力ったって、ちょっと胸ぐら掴んだ程度でしょう。勘違いしていたんだから仕方がないですよ」

「そう言ってもらえると救われる」

一触即発かと思いきや、打って変わって和やかな感じで心の底から安心した。

詳細は後で海斗から聞くとして、ふたりの間のわだかまりもなくなったみたいだし、ひとまずふたりの挨拶は一件落着。あとは私と雄吾さんのこれからについての報告が残っているけれど、落ち着いてから現状と私の気持ちを話そう。そもそも、私自身、今後どうなるか、どうしたいかをまだ雄吾さんと詳細に話をしたわけではないから。

頭の中で今後のことを考えていると、海斗が急に凛として上体を前に倒す。

「これからはハルを……姉をよろしくお願いします」

海斗は私たちの雰囲気を察して、挨拶をしてくれたのだと思う。だけど、こんなふうに真摯に頭を下げる弟の姿を見て胸が熱くなり、目頭が熱くなった。

「この間、あなたの気迫を肌で感じました。男女のことを他人の俺が、とやかく言うものではないとわかっています。でも姉は大事な家族なので。半端な気持ちで復縁するのは賛成できなかったから」

驚く私をよそに、雄吾さんは柔和な声で答える。

「君の言うことはもっともだよ。僕は責められても当然だと思ってる。同時に何年かかっても春奈のご両親や、大切な弟の君に認めてもらうために誠意を見せるつもりだ」

海斗は姿勢を正し、一笑する。

「その目。中々見ませんよ。決して揺るがない意志を持った人の瞳だ。職業柄いろんな人たちと接しますが、あなたみたいな人は初めてだ」

「海斗……」

ひと言では言い表せない気持ちがあふれ、海斗を見る。

「昔言っただろ。百パーセント家族になるって決めたなら、その時は俺だって相手にちゃんと挨拶するって」

海斗がそっぽを向いてそう言うものだから、昔を思い出して笑ってしまった。

「たしかに、そう言ってたね……。うん。ありがとう、海斗」

私に続き雄吾さんもにっこりと笑って、海斗へ右手を差し出した。

「こちらこそ、今後ともよろしく」

海斗は照れくさそうに握手を交わし、気恥ずかしいのをごまかすためなのか、急に饒舌《じょうぜつ》になる。

「まあ、これで収まるところに収まったって話だよな。穂貴や詩穂だって喜ぶだろ。今までいなかった〝本当の父親〟がやっと来てくれたって」

「えっ？」

「ちょ、海斗っ。その件はまだ」

雄吾さんが驚く横で慌てて海斗を窘《たしな》める。

「嘘だろ⁉　まさかまだ……」

しかし、時すでに遅し。一言えば十わかるような雄吾さんなら、私たちの反応で大体のことを察するだろう。

私と海斗が気まずい思いで俯いていると、雄吾さんがぽつぽつと呟き始める。

「一度、〝もしかして〟とは考えたんだ。でも、見た感じから一歳になるかならないかだったし、計算が合わないと思って……。だけど、海斗くんが弟だと聞いて疑問にはなっていた。じゃあ一体、あの子たちは誰の子どもなんだろうって」

彼と再び歩んでいくと決めたからには、遅かれ早かれ伝えようとは思っていた。ただ、今日すでに色々あった後でそんな秘密を聞かされれば、雄吾さんと言えどもキャパオーバーになるのではないかと懸念した。だから、きちんと言葉を選んでから日を改めて説明するのがベターかと、そう思っていたのに。

「春奈。今の話は本当?」

こうなってしまった以上、わざわざ真実を伏せる必要はない。

私は唇を引き結び、真剣に雄吾さんと向き合った。

「あの子たちは双生児だからか、今もまだ平均よりかなり小柄ではあるけれど……昨日で一歳四カ月になったの」

「それは、つまり――」

やっぱり、雄吾さんでも相当の衝撃を受けたらしい。核心に触れる部分は口にできないのだと察した。

私はひとつ咳払いをし、動悸を落ち着けながら小さく答える。

「正真正銘、雄吾さんの……子どもたちです」

再会した元恋人から、一歳を過ぎた子どもふたりが自分の子だと告げられたらどんな気持ちになるか。

驚きか現実逃避か、実際はどうなのかわからないから想像をするしかない。雄吾さんはというと、完全に固まって反応が一切ない。沈黙が怖くて、懸命に取り繕おうとしてしまう。

「ま、まあ、信じられないと言うなら今はそれでも……きゃっ」

次の瞬間、海斗の前にもかかわらず抱きしめられた。

「ゆっ、雄吾さ」

「……ああ。この喜びをどんな言葉で表せばいいかわからない」

切実な声を聞き、胸にじわりと温かいものが広がっていく。彼の匂いに包まれて、自然と両手を回して抱きしめ返していた。

そこに、コホンと咳払いが聞こえる。海斗だ。

「あー、じゃ、そういうことで。俺もそのうち東京へ行くと思うので、たまに会いましょう。義兄《にい》さん」

私たちは慌ててパッと手を離し、元通りの距離を取った。雄吾さんは海斗を呼び止める。

「海斗くん、これまで不甲斐ない義兄《あに》で本当にすまなかった。ずっと春奈と子どもたちを支えてくれてありがとう」

「いえ。でもまあ、いつか美味しい酒でもごちそうしてください」

「もちろん。定期的に会えたらうれしいよ」

男の人って不思議だ。なにかのきっかけですぐに仲良くなる。それは、つい嫉妬してしまいそうになるほどに。

「じゃ、ハル。俺は先に戻ってるから」

そそくさと立ち去る海斗を見送りながら、はたと我に返る。

「すみません。私もそろそろ戻ります。子どもたちに添い寝してあげなきゃ」

そうだった。現実に戻らなくちゃ。穂貴と詩穂はまだ夜中に寝ぼけて起きたり泣いたりするから、そばについていてあげなきゃならない。

なんだか今夜の出来事は全部夢みたいで、実感が湧かなくてつい……。

ゆっくりと雄吾さんを見上げる。その直後、ちゅっと唇に触れるだけのキスが落ちてきて、慌てふためいた。彼はポン、と私の頭上に手を乗せ、上半身を屈める。

「おやすみ。いい夢を。また連絡する」

視界には、口元に緩やかな弧を描く雄吾さんが映った。

その夜、本当に穏やかな心地で眠りに就いて、幸せな夢を見た気がする。

5．優しい時間

――十二月。

すっかり冬めいて毎日寒い中、変わらず仕事に育児に家事にと追われている。

もっとも、家事は家族で分担しているだけ、まだ楽させてもらっているけれど。

雄吾さんとは、あれから約二カ月経った今も、別居のまま過ごしていた。

今後の生活について、互いの折り合いがつかなかったわけではない。私たちもいい大人だから、冷静になって現実的に話し合いを重ねた結果だ。

雄吾さんの想いを受け取ったのは十月半ば。その後、雄吾さんはまず私の両親へ挨拶にやってきた。

これまで私に根掘り葉掘り聞かないでいてくれた両親だった。そんな両親が雄吾さんと対面したら、どうなるのか想像がつかなかった。

これまで同様、口数も少なくただ聞き入れてくれるのか、それとも反動で質問攻めするだろうか。

結果はどちらでもなく、ただただ驚いて狐《きつね》につままれたような顔をしていた。

人当たりがよく、礼儀正しい立派な肩書きを持つ雄吾さんを前にして、なぜ彼といざこざが起きたのか腑に落ちなかったのかもしれない。

しかし、少しずつ冷静さを取り戻した父が『本当に大丈夫なのか』とこぼし、私たちの結婚に不安を露わにした。

なんの接点もなさそうな私たちが、しかも一度離れた上で一緒になることに承諾していいものかどうか、両親とも迷いを滲ませていたのだ。

私はもちろん、雄吾さんも誠心誠意頭を下げて話をしていたけれど、両親の不安を最後に払拭してくれたのは、他でもない海斗だった。

海斗は仕事柄なのか話が上手で説得力があるから、とても頼りになった。

そうして、古関家が一段落したのちに考えるのは楢崎家。しかし、そう思っていたのは私だけだったらしく、雄吾さんは先に今後の私たちの生活を考えようと提案してきた。

楢崎家に挨拶へ行くのにも先方の都合があるだろう。そう考えた私は、まずは雄吾さんの言う通りにしようと思った。彼ならきちんと来たるべき時に話をしてくれると信じていたから。

雄吾さんとの生活を考えるにあたり、私の気持ちは彼と一緒に暮らす方向に固まっていた。長年のわだかまりが解け、想いが通じ合った今、そう考えるのが自然だった。

そのためには、現在の仕事の都合をつけなければならない。

雄吾さんの立場を踏まえ、私が歩み寄るのがベストなのは誰でもわかること。

職場の上司や先輩などにはこれまでお世話になり、申し訳なさが残る部分もある。が、穂貴や詩穂、なにより雄吾さんを思うと、やはり今の私には家族を最優先する意志が強かった。

ただ、ずっとお世話になってきた会社だから、退職するにしても礼儀を尽くしたい。

雄吾さんにそう相談すると、彼は「当然だよ」と私の気持ちを理解し、尊重してくれた。

私の勤める保険セールス業界では、一般的に十一月が一、二を競うほど多忙な月で、到底退職の相談をできるタイミングではない。続く十二月も年末で忙しく、結局私は年明けの一月いっぱいで会社を辞めることとなった。

その頃には、私たち母子が雄吾さんのマンションへ引っ越し、そこで新生活を送ることも決まっていた。

残すは、雄吾さんのご両親との対面のみ――。

十二月に入った日曜日。久しぶりに東京にやってきていた。

今日はいよいよ雄吾さんのご両親との初対面。

どんな状況になるかわからなかったけれど、とても大事な話し合いになるのはわかっていたから、穂貴と詩穂は実家に預けてきた。

緊張が大きすぎて、すでに胃が痛い。雄吾さんの実家があまりに荘厳な一戸建てで、敷地に入る前には胃だけでなく胸まで苦しく感じていた。

「大丈夫？　昨日まで仕事忙しかったんだろう？　やっぱり別日がよさそうなら今からでも」

「平気。むしろ、もうずーっと気になっていたから早いほうがいいの」

今日の予定が決まった日から、常に頭の中でシミュレーションしてきた。腹を括って仕事の延長だという気持ちで臨めばいい。

即答で断ると、雄吾さんは観察するようにこちらをジーッと見てくる。私はふいっと顔を背け、ぽつりと返した。

「た、ただ緊張しているだけよ。大丈夫。きちんと挨拶の勉強はしてきたし」

すると、雄吾さんが苦笑する。

「事前に少し話はしてあるから、そんなに硬くならなくても……って、実際に挨拶するまではなにを言っても気休めにしかならなそうだな」

雄吾さんが言った通り、すでに私や子どもたちの存在を伝えてくれてはいるらしい。けれども、息子である雄吾さんの前での反応と、これまで一度も関わり合いのなかった他人の私の前では反応が違うことだってあるかもしれない。

どんな事態になっても、衝撃を受けても、対応しなければ。そう気負うがために、どうにもネガティブな気持ちに引っ張られていた。

呼吸を整え、精神統一をした後、俯きそうになっていた顔をグッと上向きにする。

「だって。雄吾さんが完璧な挨拶をしてくれたおかげで、うちの両親も今ではすっかり安心しているから。私も出来る限り頑張りたい」

自分の不安に打ち勝ち、はっきりとそう宣言するや否や、雄吾さんにスッと手を繋がれた。

「僕がついてる。ひとりで気負わなくていいよ」

心が解《ほぐ》れる柔らかな声と笑顔に、私は「うん」と頷いた。

時刻は午後三時ちょうど。私たちは目で合図をし合って、足を踏み出す。雄吾さんが玄関に入るのに続いて、遠慮がちに敷居をまたいだ。

「ただいま。彼女を連れてきたよ」

雄吾さんの声かけで、廊下の奥からお母様らしき女性がやってきた。

線の細い身体と綺麗に結われた髪、上がっている口角、歩き方。どれをとっても上品で、淑女という単語がふさわしい方だ。

「はじめまして。雄吾の母の仁美《ひとみ》と申します」

「はじめまして。古関春奈と申します」

早口にならないよう、ちゃんと顔を見て。

心の中でそう唱えながら、どうにか及第点のお辞儀をする。

「春奈さん、お待ちしておりましたよ。中へどうぞ」

「はい。おじゃまいたします」

お母様が背を向けた瞬間、気づかれない程度に小さな息を吐く。跳ね回る心臓を落ち着けつつ、靴を揃えて奥へ向かった。

長い廊下はこの家が広いことを物語る。手入れの行き届いた綺麗な床の上を歩きながら、リビングらしき部屋へ案内された。

コの字に置かれた高級そうなソファには、お父様と思われる凛々しい雰囲気の男性が腰をかけている。

休日にもかかわらず、皺のないシャツをピシッと着こなす目の前のお父様は、大企業を背負っている方だと念頭にあるせいか、とても威厳があるように感じられた。それは、お父様の視線や手の動きさえも気にしてしまうほどに。

「父さん、紹介するよ。彼女が春奈さん」

雄吾さんの一声を聞き、意を決してお父様と向き合った。

「こんにちは。古関春奈と申します。本日はお時間をいただきましてありがとうございます」

上体を深く倒したまま、お父様の反応を待っていると、予想外に穏やかな口調で言われる。

「まあ顔を上げて、そちらに座って」

示されたふたりがけのソファに、雄吾さんが先に座る。彼に促され、私も一礼してから彼の隣に腰を下ろした。対角にいるお父様に身体を向けて背筋を伸ばす。

思いのほか、優しく声をかけられたけれど……。やっぱり、こうして向き合っていると、まるで面接みたいな緊張感。意図せずとも手に汗を握り、心臓が飛び跳ねる。するど、さりげなく背中をポンと軽く叩かれた。顔を上げると、隣の雄吾さんが柔和な表情をしている。

いい感じにほんの少し肩の力が抜けたところに、お母様が紅茶を出してくれた。そして、お父様の横に腰を据えた直後、雄吾さんが口を開く。

「この間、話した通り、俺は彼女と結婚する。今日は正式にその報告をしに」

お父様は、ジッと私たちを見て動かない。一瞬また萎縮したけれど、こちらも意志の固さを伝えたくて片時も目を逸らさず見つめ返した。

「確認事項がある」

「はい」

お父様の視線は明らかに私だけに向けられていたので、私が答えた。ごくりとつばを飲み、お父様の言葉を粛々と待つ。

「雄吾との子どもがいると聞いたが、本当かな？」

投げかけられた質問を聞き、心臓がドクンと大きく脈打った。

当然、この話題は今日の中での肝だと想定していた。しかし、序盤に投げかけられるとは予想していなかったし、そもそもこの件について完璧な受け答えを用意できなかった。

ひとりで決断して産み育てていたのは、ある意味ルール違反だったかもしれない。だけど私は、お腹にあの子たちが宿っているとわかった時から絶対に守り抜くと決めた。それは身体的な意味だけではなく、精神面も含まれる。

だから雄吾さんとまた歩んでいくと状況が変化した今も、当然穂貴や詩穂の存在を隠しはしない。

「はい。間違いありません」

はっきりと言い切ると、お父様は顔色ひとつ変えずにさらに尋ねてくる。

「写真かなにかは？」

その質問はまったくの想定外で、意図が読めずにたじろいだ。しかし、拒否する選択肢は浮かばず、バッグからスマートフォンを取り出し、画像フォルダを出した。最近撮った穂貴と詩穂のツーショットを表示させ、あちら側に向けて差し出す。

「どうぞ」

お父様はスマートフォンをゆっくり受け取り、画面を黙って見続けている。

次はなにを聞かれるかと心臓をバクバクさせていたら、緊迫した空気にそぐわない朗らかな声が沈黙を破った。

「かわいい〜。ええ！　もしかして双子なのかしら？　ねえ、この男の子なんか特に雄吾の小さい頃みたいよ。そっくりねえ！」

お母様は初め遠慮がちに見ていた私のスマートフォンを、お父様を押しやるのではないかというほど前のめりで見入っては、歓喜の声をあげる。私は心底驚いて、お母様を凝視した。

これは一体どういうこと……？　もっと針のむしろ的な反応を想像していたから、思考がついていかない。まさか、こちらの気持ちを上げておいて、その後撃ち落とすとか……。ううん。雄吾さんのお母様に限って、そんなひどいことはしないはず。そうかといって、ここまでうれしそうに目尻を下げられたら困惑してしまう。

茫然としていたところに、お父様もまた、度肝を抜くような言葉を発する。

「隣の女の子も凛々しくて美人になりそうだ」

「そうねえ。ああ。せっかくだから、雄吾の子どもの頃の写真を持って来てみようかしら」

いよいよ口をぽかんと開けて、狐につままれた心境でご両親を眺めた。

唖然としていると、横にいた雄吾さんが、額を押さえながらぼやく。

「母さん、はしゃぎすぎ。あの大量の写真を出していたら日が暮れるからやめてくれ」

「でも、本当に似てるのよ？　目元とか」

「うん。それはわかったけど、今日はいいから」

雄吾さんとお母様の会話を聞き、改めて視野を広げて見てみると、入室直後と比べて和やかだ。さながら家族団欒《だんらん》みたいに。

「あ、あの……」

「この子たちの名前は？」

私が声をかけるのとほぼ同時に、お父様が視線を上げて質問してくる。

「名前は穂貴と詩穂です。そちらのフォルダ名にもしていて」

「ほう。『穂』を使っているのか。実り豊かな人生を送りそうないい名前だ。歳は……『花《はな》』と同じくらいか？」

「花？」

お父様の言葉にうっかり素で聞き返してしまった。慌てて口を噤むと、雄吾さんが教えてくれる。

「尚吾のところの子どもだよ。八月七日生まれなのと果乃子ちゃんが花好きということから花って名前を付けたらしい。で、今年一歳になった。そうなると、たしかに穂貴と詩穂とは学年が一緒だね」

「尚吾さんの！」

そうか。縁談が持ち上がってからもう数年経つし、子どもがいてもおかしくないんだ。この間会った時は、その花ちゃんをどこかへ預けて来てくれていたのだろう。本当に申し訳ないことをした。

「孫がいっぺんに三人か。にぎやかになっていいな」

お父様がそう呟いたのを聞き、無意識にこぼす。

「信じて……くださるんですか？」

もっと、厳しい扱いを受けるとばかり……。雄吾さんには言っていないけれど、門前払いとか、嘘をついていると思われて聞く耳を持ってもらえず最悪は訴えられるとか、ひどい想像だってしてした。

泥沼な展開は避けられないと思っていた。だからこそ二年前も二の足を踏み、結局逃げ出してしまったのだ。

こんなに簡単に認めてもらえるなんて、雄吾さんと再会する前もその後も、一度も思ったことがない。

「なぜ？」

愕然とする私に、お父様が感情の読めない表情で尋ねてきた。

私はとっくに子どもたちについては取り繕う気も隠すつもりもないため、正直に答える。

「急に現れた人間が、息子さんの子どもを産み、育てていると言い出せば疑われる気がしていたので」

すると、「ふっ」と笑われた。

「まあそうだな。本音を言えば、雄吾から話を聞いた時は、半分はそういった心境だったかもしれない」

胸が痛む返答だったが、それが現実だ。

居た堪れない思いで黙っていると、雄吾さんが割って入る。

「父さん！」

「当然です。私は雄吾さんになんの報告もせずに恋人関係を解消し、ひとりで出産を決めた自分勝手な人間ですから……」

自ら首を絞めるような発言をしているのは自覚している。

しかし紛れもない事実だから、知ってもらった上で承諾を得なければならないのだ。それが私の果たすべき責任と義務で、避けては通れない道。

どんな言葉も真摯に受け止める覚悟でいたら、お父様が軽く首を横に振った。

「春奈さん。たしかに私は雄吾から話を聞いて驚いた。けれど、どうしてあなたを責められる？　むしろ、責められるべきは雄吾だ。あなたの迷いや不安に気づき、耳を傾け、フォローすべきだった」

「そ、そんな！　雄吾さんはなにも悪くありません」

私ではなく雄吾さんの立場が悪くなるなんて、そんなことあってはならない。

するとお父様が、ふっと笑みをこぼす。

「今日君と会って、曇りのない目と私たちとまっすぐ向き合う姿勢を見て疑心は消えたよ。なんだかんだ、息子のことは信用しているからね。つまり、息子が選んだ女性も信頼できる人のはずだ」

私なんか否定されるとばかり思っていて、雄吾さんのご両親なのにひどい想像しかできなかった。自分が恥ずかしくて泣きそうになる。

それと同時に、〝得られた信用〟の重みをひしひしと感じ、今後もずっと雄吾さんを含め、ご家族には誠実でいると改めて固く決意した。

「人は些細なことですれ違うものだ。誰も咎められない。重要なのは、あきらめない心を持って向き合えるかどうか」

お父様の言葉に心を打たれ、熱いものが込み上げてくる。

「百聞は一見に如《し》かず。この写真を見ていたら、雄吾の血を引いているのは一目瞭然よ。ふふ、昔を思い出すわ。懐かしい」

お母様は私の手を取り、そっとスマートフォンを渡してから、優しい声色で言う。

「春奈さん。かけがえのない子どもたちを大切に守り、命をかけて産んでくださって本当にありがとう。これまで春奈さんとご家族には苦労もかけてしまったと思います。どうか許してください」

お父様に続き、またもや信じられない言葉をかけられて茫然とする。

私は穂貴と詩穂が映し出される画面を見つめた後、深々と礼をした。

「とんでもないです。ありがとうございます……私たちを受け入れてくださって」

鼻の奥がつんと痛い。でもこの痛みは――涙は、負のものじゃない。喜びによるものだから、大丈夫。

雄吾さんの手が肩に置かれた後、ゆっくり姿勢を戻す。今一度、雄吾さんやお母様を見たら、笑みをたたえていて心が温まった。

しかし、ここで突如、表情を曇らせているお父様が深刻そうに切り出す。

「実は……この流れで話を戻して悪いが、結婚式はあきらめてほしい。申し訳ない」

私は特に結婚式に対して思い入れがあったわけではないからショックはない。だが、雄吾さん的にはどうなのだろう。本来なら、ビジネスの延長としてそういったパーティー的な機会は必要だったのでは？

視線で雄吾さんに意見を求めると、彼は「ふう」と脱力するような息をついた。

「俺も考えていたよ。ただ彼女にはまだ話をする前だったんだけどね」

「それはすまない。だが、綿密に考えておかなければならない。今回のことは春奈さんと子どもたちに直接関わる話だ」

ふたりの会話を聞いていても、いまいち話の本質が見抜けない。

私が難しい顔でもしていたのだろう。雄吾さんは気遣って、丁寧に説明を始める。

「両親は見ての通り、春奈や子どもを受け入れてくれる。でも、世間はそうはならないと考えていたほうがいい。子連れの女性と結婚すること自体批判されるものでもないのに、悪意のある人間は勝手に脚色して根も葉もない噂を広める可能性が高い」

「ああ、そういうこと……」

「だから、僕は元々女性関係の噂は皆無だし、あえて周知せずにすでに結婚して子どももいる、という体がベターだと思ってる」

要するに、こぶつきの一般人と楢崎家を継ぐ雄吾さんが再婚、といった誤解をされないようにするのが賢明という話。

どういうふうにささやかれるかはわからないけれど、なんの後ろ盾もない私が大企業の跡継ぎである彼と結婚するなんて、色々と訝しがられるのは想像に難くない。

「ごめんなさい。私、なにも考えていなくて」

ずっと家族間の問題だけに目を向けていた。世間からどう見られるかとか、そこまで気が回らなかった。

楢崎家を継ぐ予定の雄吾さんを妻として支えると決めたなら、そういう部分こそなによりも先に考えて準備をしておくべきだった。

不甲斐ない自分が悔しくて視線を落としたら、雄吾さんが顔を覗き込んでくる。

「いいんだよ。そういうことは僕が考えればいいんだから。春奈は子どもたちと日常を穏やかに過ごしてくれれば、それで」

きっと、この先も結果的には雄吾さんに守られることが多いのだろう。だからといって、彼の賢さや優しさに胡坐をかいていたらいけない。私の目指す未来はそうではない。

これまで、何度も落ち込んできた。消えてしまいたいほど思い悩んだり、つらくなったりもした。でも私は、そのたびに反省して努力して立ち上がってきたと思っている。

立ち止まりはしても、もう後ろは向かない。頑張って顔を上げる。

その時、お父様が申し訳なさそうに口を開いた。

「そういうことなんだ。春奈さんには悪いが、ひとつ了承してもらえるだろうか。これは決して我が社の評判云々を優先したわけではなく、君たちのための策だと理解してほしい。だから、春奈さんのご両親にもきちんと私たちからも挨拶とお詫びをしに」

「父さん、先走らないでくれ」

言下に言葉を重ねた雄吾さんは私を一瞥し、ニコッと笑いかけてきた。

「結婚式はする」

今、お父様を交えて話をしていた結論から反している宣言に、きょとんとする。

雄吾さんは一体なにを……。だけど、彼が支離滅裂な意見をするとは到底思えない。

彼の意図を知るべく黙って視線を送り続けていると、雄吾さんが膝の上に置いていた私の手をふわりと握る。

「時期をみて海外で近親者のみなら大丈夫じゃないかと思ってるんだ」

「海外で……」

「両家全員のスケジュールを合わせるのは大変かもしれないけれど、まずはやってみようかと思ってる。もしどうしても難しそうなら別の案を考えよう。リモート参加してもらうのもいいだろうし」

「で、でも雄吾さん。私は別にしなくても平気だから」

「僕が見たいんだ。両親や海斗くんに祝福されて笑顔になってる春奈を。それに、ウエディングドレス姿だって楽しみだし、子どもたちもお揃いの衣装にしたらかわいいと思わない？」

雄吾さん、そんなことまで考えていてくれたの？

今話してくれた提案は、きっと自分のためじゃない。私のためを想って考えてくれたのだと察する。

彼の優しさに触れ、胸が高鳴っていく。

「海外か……。たしかに仕事柄海外へはよく行くから、それぞれ移動し向こうで合流すれば周囲も特に気にも留めないな。まあ、なんにせよ慎重に検討して……」

「もちろん。心得ているよ」

お父様の『確認事項』の区切りがつくと、お母様が言う。

「春奈さん。これから雄吾ともども、よろしくお願いしますね」

「は、はい！　こちらこそ、不束者ですが……」

「今度は穂貴ちゃんと詩穂ちゃんを連れていらしてね。ね、雄介《ゆうすけ》さん」

お母様は両手を合わせ、ニコニコしながらお父様のほうを向く。『雄介』とは、お父様の名前のようだ。

「ああ。その時は尚吾たちも呼び寄せよう」

お父様も最後には柔らかく笑ってくれたのを見て、心から安堵する。

そうして、文字通り大団円で楢崎家への挨拶は幕を閉じたのだった。

同日、午後六時。私はまだ都内に滞在していた。

雄吾さんの実家を出たのは午後五時過ぎ。なんだかんだと話に花が咲き、夕食を一緒にどうかと誘われかけたところ、雄吾さんが丁重に断って楢崎家を後にした。

それからどこへ移動したかというと、雄吾さんのマンションだ。

さっき、横浜の実家で両親と一緒に子どもたちの面倒を見てくれている海斗に報告を兼ねて連絡したら、『せっかくだから少しデート楽しんできたら』と言われた。

お言葉に甘えて、もう少しだけ一緒にいようかという流れになったのだ。

「わあ……あまり変わってない？」

「そうかもね。このダイニングテーブルも、春奈が『ちょうどいい』って笑ってくれた思い出があったし、読書スペースも僕っぽいって言っていたからそのまま」

「ああ。なんか、センチメンタルになっちゃう」

ここを最後に訪れたのは、私がスマートフォンを見て誤解した日だったから余計に。

「さ。時間もないし、キッチン借り、る」

気持ちを切り替えた矢先に、背中から雄吾さんに抱きしめられる。

「うれしいよ。またここで春奈の姿が見られるなんて」

「ン、待っ、雄吾さ……」

耳介でささやかれる艶っぽい声音に、思わず反応してしまった。すると、雄吾さんのスイッチに触れてしまったのか、彼はその体勢のまま唇を重ねる。

「んっ、う」

雄吾さんの両親への挨拶を終えたからか、すぐに気が抜け、快楽に酔わされる。彼の与えてくれるじれったい刺激が、私をあっという間に甘く溺れさせていく。

静かなリビングには、ちゅ、ちゅっと唇が奏でる音が途切れず続く。そのうち、彼の手が胸の辺りに伸びてきて、ブラウスの一番目のボタンを外された。

次の瞬間、彼の動きがピタリと止む。

「これって」

「あ……。ええと、今日はお守り的な感じで着けてきてて」

今日は一日、色々と余裕がなくて着けていることさえ忘れていた。

雄吾さんが気づいて驚いているのは、過去に彼から『おみやげ』と言われて受け取った真珠のネックレス。

「捨てずに持っていてくれたの？」

私はネックレスに手を添え、在りし日に想いを馳《は》せる。

「未練がましいなって自分でも思ってたけど、どうしても手放せなかったの」

完全に雄吾さんを忘れ去るなんてできないと、本当は前々から気づいていた。それを知らないふりしていただけ。

けれど、今日お母様が感嘆の声をあげた通り、穂貴も詩穂も日に日に雄吾さんの面影が濃くなるのをひしひしと感じていた。そう目に映るのは、心の奥に彼が残っているせいかもと考えたこともある。

真偽はどうあれ、あの子たちのそばにいる限り、ずっと雄吾さんとともに生きることになっていたのだと思う。

きっと、ほんの少し感傷に浸りながら——。

私はくるりと身体を反転させて、雄吾さんと正面から向き合う。そして、彼の首に両手を回し、つま先立ちをして自ら唇を重ねにいった。

突然のキスに目を白黒させる雄吾さんを上目で見て、ぽつりと呟く。

「これは、私の大事な思い出だから」

面と向かって伝えるのはものすごく照れくさい。だけど、いいこともよくないことも、できるだけ言葉にして共有すれば、すれ違って悲しい結末を迎えたりしなくて済むだろう。逆に温かな気持ちになれるかもしれない。

頬が火照っているのを感じながら雄吾さんの反応を窺っていると、ふいに抱え上げられる。びっくりするのと同時に、慣れない体勢に硬直した。

「ゆっ……」

彼の首に回している手に力を込めていると、額に口づけられる。

「それ、更新させてよ。これから何度でも」

優しい眼差しと声にドキドキする。

おずおずと頷くと、雄吾さんは微笑んで私を抱いたままベッドルームへ移動した。

広いベッドも、あの頃のまま。

私はそこにそっと置かれ、ゆっくりと倒される。あまりに丁寧に扱われすぎて、ちょっと指先を掠めただけでも反応してしまいそう。

彼は私の頬に手を置いて、慈しむように親指の腹で肌を撫でる。

「思い出の時以上に、僕は春奈を愛してる。それを今、感じて」

「あっ……ん、っ……」

彼は言うや否や口を塞いだ。触れては離れ、再び唇が落ちてくると先ほどよりも強く重ねられる。

音を立てたり啄《ついば》んだり、時に舌先で口内を遊んで口も閉じられないほど、たちまち脱力した。半開きになった自分の唇から漏れ出る甘い息に高揚し、とろんとした意識で彼を瞳に映し出す。

頬、耳、手、そして首筋。ゆっくりと思考を溶かすみたいに、妖艶な流し目でこちらを見ながらキスを続ける。ふわふわした心地で彼に委ねていたが、ブラウスのボタンを外されていく感覚で、ハッと我に返った。

「あ！　ま、待って！」

慌てて声をあげ、上半身を半分起こす。その時にはもう、雄吾さんは動かずに固まっていた。……腹部の傷を見て。

私は思わずブラウスで傷を隠した。

この傷は出産時に負ったもの。双生児の出産だったため、帝王切開となっていた。さすがに一年半経った現在、痛みはほとんどない。しかし、見た目は元通りとはいかないものだ。

穂貴と詩穂へのリスクが軽くなるなら、この程度はなんてことはない。そう納得していた。第一、男性とこういう関係になることも、もう二度とないと思っていたから。

「ごめんなさい……やっぱり驚くよね」

気まずい気持ちで伝えた瞬間。

「……えっ」

思わず声を漏らして凝視した。

雄吾さんが涙をこぼしている――。

なにが起きているのかわからず茫然としていると、彼は傷にそっと手を触れた。

「謝る必要なんてない。むしろ……僕が……本当にごめん。ひとりで苦しませて」

「そんな。それは私が」

「痛みに耐えながら、一生懸命ふたりを育ててくれていたんだって目に浮かぶ。一番大変な時に支えてあげられなくて本当にすまない」

項垂れる雄吾さんの旋毛を見つめ、さらっとした髪の毛に手を伸ばす。

「ひとりを選んだのは私。それに、雄吾さんに支えられてたように思う。あなたとの子どもだって思うたび、頑張れた。それだけでもう愛しかった」

あの頃、雄吾さんを嫌いになるどころかいつまでも特別で。

産後の痛みも、身体が回復しきっていない中の育児も全部、〝雄吾さんとの子どものためなら〟と前向きに頑張れたと今なら素直に思える。

「ね？　だから泣かないで」

ひと声かけると、おもむろに彼の顔がこちらを向いた。悲しげに濡れている瞳を覗き込み、お願いをする。

「キス、して」

宝石みたいな純粋無垢な目が見開かれたのち、彼は小さく首を縦に振った。彼が唇を寄せるのに合わせ、彼のキスを迎えにいく。

「ん……っ、んあ」

こちらからキスを仕掛けたはずが、直前に彼のペースに飲まれる。

今にも身体が快楽で震えてしまいそうな口づけに、堪らず小さな吐息が漏れた。

「春奈……。痛みを感じたら教えて。じゃなきゃ、俺……このまま春奈を抱きつぶしてしまいそうだ」

肩で息をしながら、静かに瞼を押し上げる。

「もう平気。恥ずかしいけど私、雄吾さんにまた求めてもらえることがうれしいから……。多分、痛んだとしても抱かれていたら幸せすぎてそれにも気づかないと思う」

瞬間、彼は私を押し倒した。

「――春奈が悪いんだよ。頑張って抑えようとしていたのに」

「ふっ、う、ん……あぁっ」

優しく手首を拘束して、首筋に鼻先を埋める。それから瞬く間に傷の残る腹部へキスを降り注いでいく。

「俺に抱かれて幸せだなんて……それはこっちのセリフだ。この唇の味や肌の感触、春奈の熱も全部ほしくて仕方がない」

私たちは奥まで繋がり合いながら、指を絡ませている手を強く握り合った。

「っは、あっ、あぁぁ、深……んッ」

私の身体をベッドに沈ませる彼の重みが、愛おしい。

その夜、波打つシーツの中で私たちは数えきれないほどのキスを交わした。


そして、ようやく年が明けた。

一月の終わり頃に私たちは雄吾さんのマンションへ引っ越し、一緒に暮らし始めた。予定通り円満退職をし、穂貴と詩穂の保育園にも挨拶をしてきた。しばらく専業主婦として、育児に専念できる環境になる。

実は、仕事を辞めて家庭に入ることが少し不安だった。

これまでずっと働き続けていたのもあったし、〝なにもしていない〟罪悪感を抱くかもしれない。穂貴と詩穂も、私と家にいるよりも保育園などで過ごしたほうが楽しいのでは……と。

だけど、自分の不安を打ち明けずに大きな失敗をした自分だからこそ、今度はちゃんと伝えなければならないと思い直して雄吾さんに相談をした。

すると、雄吾さんは『とりあえず三人が環境の変化に慣れるまでという気持ちで過ごすのはどう？』と提案してくれた。

その先のことを、今急いで決める必要はないのだとわかり、気持ちがすごく軽くなった。

さらに『春奈とゆっくりした時間を過ごせるのも、子どもたちにとって幸せなひと時だと思うよ』と言われ、自信を持てたのだ。

たしかにこれまで子どもたちと毎日じっくり向き合う時間はほとんどなかったし、いい機会を得たと前向きになればいい。

「ゆーごパパ」

ペンギンを見つけた詩穂が、満面の笑みで雄吾さんを呼ぶ。

今日は私たちがいつかの日、デートで訪れたことのある水族館へ家族四人でやってきている。

詩穂が雄吾さんの足に両手を巻きつけ、ぎゅうっと抱きつく様は微笑ましい。ただ、詩穂の雄吾さんの呼び方に苦笑する。

「はあ。あの調子で、そのうち通うであろう幼稚園でも『ゆーごパパ』って呼んでいたら、先生たちになんて説明しよう」

穂貴と詩穂は、引っ越しの前からすでに雄吾さんに懐いていた。

それというのも、雄吾さんが約三カ月間、私たちのところへ足繁く通ってくれたのが大きいのだと思う。年末頃にはもう海斗と同等に心を開き、言葉の早い詩穂なんかは、『かいとパパ』『ゆーごパパ』と呼ぶ始末。

事情を知らない人に聞かれたら相当複雑な家庭なのかと思われそうで詩穂を窘めたものの、相手はまだ一歳半。私の言うことなど通じずに、ニコニコしてふたりをそう呼び分けているのだ。

雄吾さんは詩穂を抱き上げ、笑って返す。

「そんなに悩まなくても、世間では子どもたちが家族のことをいろんな呼び方をしているらしいし。案外気にも留められないかもしれないよ」

「でも。雄吾さん、本当は嫌じゃない？　海斗と同じ扱いみたいで」

どちらがどうとか比べることでもないし、比較したこともない。けれど、雄吾さん的にどう思っているのかわからなくて、つい吐露した。

「嫌ではないよ。僕も頑張ってもっと慕ってもらいたいなとは思うけど」

雄吾さんの受け答えから、どうやら本当に海斗と同等なのは気にしていないみたい。内心ほっとしていると、雄吾さんは詩穂の頭を撫でながら柔和な表情で話す。

「海斗くんには本当に感謝しているんだ。彼のおかげで僕たちが家族になれたと言っても過言じゃない。春奈の一番の理解者として支えてくれていたみたいだし、穂貴や詩穂を育ててくれたひとりだから」

雄吾さんは目尻を下げてこちらを見る。

彼からは、誤解が解けた日から今日までずっと〝幸せ〟だというオーラが漂っていて、それがとてもうれしかった。

その時、穂貴が繋いでいた手を強く引き、抱っこをせがんできた。私が抱き上げると、うれしそうにガラス越しのペンギンに目をやる。

その光景に温かい気持ちになり、ぽつりとこぼした。

「懐かしい。ここで迷子の男の子のお世話をしたこととか。あの時、雄吾さんって子どもとの関わり方が上手だなあって思った記憶が」

水族館までの道のりや建築物、館内の雰囲気……あらゆるものに対して彼との淡い記憶が残っているのを感じていた。そして、今も面映ゆいようななんとも言えない気持ちでいる。

「そう？　僕はその時、春奈と家族になったらこんな感じかとイメージしていたな」

「え！」

あの頃すでにそんなふうに考えてくれていたなどとは思いもせず、たちまち顔が熱くなる。

すると、ペンギンが悠々とガラス間近にやってきて泳ぐ姿に興奮した詩穂と穂貴が、今度は抱いている腕から下りたがった。それぞれ地面にそっと下ろしたら、ふたりは仲良くガラスに手を置いてペンギンに夢中。

「一度は消えかけた夢だったけど、こうして今その夢が現実になって、僕はとても幸せだ」

雄吾さんはそう言って微笑む。

「うん。私も同じ気持ち」

これからは、この幸福をふたりで守っていきたい。

穂貴と詩穂を見守っていると、ふいに雄吾さんがそっと指を絡ませてくる。びっくりして顔を上げると、彼は破顔した。それから、子どもたちを含め、来場客がペンギンに目を奪われている隙に私の耳に唇を寄せる。

「春奈は、家族でもあるけど僕にとってかわいい恋人のままだよ」

甘い声でささやかれた言葉に胸がドキドキする。

私は繋がれた手をきゅっと握り返し、恥ずかしい気持ちを押しやって答える。

「……ずっと大好き」

今日も明日も、来年もずっと、ずっと。

このひだまりみたいな穏やかな心を大切に育てて、守っていきたい。

かけがえのない子どもたちと、大好きなあなたとともに。


水族館を後にした私たちは、四人で手を繋ぎながら帰路につく。

「さ、今夜はなにをみんなで食べようか？」

私は笑顔で聞きながら、みんなで食卓に向かう画《え》を思い浮かべる。

『家族四人で食事をするために』と、雄吾さんが買い換えた大きなダイニングテーブルで、私たちは今夜も心が満ち足りるような優しい時間を過ごす。

おわり

あとがき

最後までお付き合いくださいまして、ありがとうございます。

登場人物それぞれが誰かのためを思って行動する。そんな物語だったかな、と感じております。

相手のためを考え、時に苦しくなったり、涙したり。だけどいつか、その誰かへ向けた優しい思いが巡り巡って自分に返ってくる、そんな温かな幸せが連鎖したなら素敵ですね。他人のことも自分のことも、バランスよく同じくらい愛することが大事かな?というのが、『双子ママですが、別れたはずの御曹司に深愛で娶られました』を手がけていて感じたもののひとつです。

そんな今作ですが、こちらはマカロン文庫から発売させていただいております私の著書、『怜悧な御曹司は政略妻を一途に愛し尽くす〜お見合い夫婦の蕩ける両片想い〜』とリンクした作品となっております。

担当さんから、「(前述した作品のヒーローの)お兄さんのストーリーもいいですね！」と提案いただきまして生まれた作品です。いわゆるスピンオフとなりますが、書かせていただき感謝です。

内容は前作と整合性を取ったりとなかなか大変ではあったのですが、個人的にこちらで補完できたかたちとなって、満足しております。

ぜひ、ご興味のある方がいらっしゃいましたら、『その頃のあちら側は』といったふうに、二作を重ね合わせつつ楽しんでいただけたらうれしいです。

今回もたくさんの方々に支えていただき、出版することができました。

愛らしい双子ベビーでカバーイラストを飾ってくださいました、アオイ冬子先生。素敵にデザインしてくださったデザイナーさん。いまだに完璧に仕上げられない私の文章を隅々まで確認してくださった校正さんや担当さん。その他、関わってくださった関係者の皆様、ありがとうございます。

そして私にとって、いつでも一番大切である読者の方々へ。

私の作品とのご縁をいただきまして、心より感謝申し上げます。

宇佐木《うさぎ》

宇佐木先生への
ファンレターのあて先

〒104-0031
東京都中央区京橋1-3-1
八重洲口大栄ビル7F
スターツ出版株式会社　書籍編集部　気付

宇佐木先生

本書へのご意見をお聞かせください

お買い上げいただき、ありがとうございます。
今後の編集の参考にさせていただきますので、
アンケートにお答えいただければ幸いです。

下記URLまたはQRコードから
アンケートページへお入りください。
https://www.berrys-cafe.jp/static/etc/bb

双子ママですが、別れたはずの御曹司に深愛で娶られました

2022年11月10日　初版第1刷発行

著　　者　宇佐木

発 行 人　菊地修一
デザイン　hive & co.,ltd.
校　　正　株式会社鷗来堂
編集協力　山内菜穂子
編　　集　野田佳代子
発 行 所　スターツ出版株式会社
〒104-0031
東京都中央区京橋1-3-1　八重洲口大栄ビル7F
TEL　出版マーケティンググループ　03-6202-0386
(ご注文等に関するお問い合わせ)
URL　https://starts-pub.jp/
印 刷 所　大日本印刷株式会社

Printed in Japan

ISBN 978-4-8137-1349-4　C0193

ベリーズ文庫　2022年11月発売

『若き金融王は身ごもり妻に昂る溺愛を貫く【極上四天王シリーズ】』　伊月《いづき》ジュイ・著

親同士が同窓だった縁から、財閥御曹司の慶と結婚した美夕。初恋の彼との新婚生活に淡い期待を抱いていたが、一度も夜を共にしないまま6年が過ぎた。情けで娶られただけなのだと思った美夕は、離婚を宣言！　すると、美夕を守るために秘めていた慶の独占欲が爆発。熱い眼差しで強引に唇を奪われ…!?

ISBN 978-4-8137-1344-9／定価726円（本体660円＋税10%）

『恋なんてしないと決めていたのに、冷徹御曹司に囲われ溺愛されました』　滝井《たきい》みらん・著

石油会社に勤める美鈴は両親を亡くし、幼い弟を一人で育てていた。恋愛にも結婚にも無縁だと思っていた美鈴だったが、借金取りから守ってくれたことをきっかけに憧れていた自社の御曹司・絢斗と同居することに。甘えてはいけないと思うのに、そんな頑なな美鈴の心を彼は甘くゆっくり溶かしていき…。

ISBN 978-4-8137-1345-6／定価726円（本体660円＋税10%）

『3年後離婚するはずが、敏腕ドクターの切愛には抗えない』　田崎《たさき》くるみ・著

恋人に浮気され傷心の野々花は、ひょんなことから同じ病院に務める外科医・理人と急接近する。互いに「家族を安心させるために結婚したい」と願うふたりは結婚することに！　契約夫婦になったはずが、理人を支えようと奮闘する野々花の健気さが彼の愛妻欲に火をつけ、甘く溶かされる日々が始まり…。

ISBN 978-4-8137-1346-3／定価726円（本体660円＋税10%）

『エリート御曹司に愛で尽くされる懐妊政略婚～今宵、私はあなたのものになる～』　高田《たかだ》ちさき・著

両親を亡くし叔父家族と暮らす菜摘は、叔父がお金を使い込んだことで倒産の危機にある家業を救うため御曹司・清貴と結婚することになる。お金を融資してもらう代わりに跡継ぎを産むという条件で始まった新婚生活は、予想外に甘い展開に。義務的な体の関係のはずが、初夜からたっぷり愛されていき…！

ISBN 978-4-8137-1347-0／定価704円（本体640円＋税10%）

『俺様パイロットは揺るがぬ愛で契約妻を甘く捕らえて逃さない』　宝月《ほうづき》なごみ・著

航空整備士の光里は、父に仕事を反対され悩んでいた。実家を出たいと考えていたら、同じ会社のパイロット・鷹矢に契約結婚を提案される。冗談だと思っていたのに、彼は光里の親の前で結婚宣言！　「全力で愛してやる、覚悟しろよ」──甘く迫られる新婚生活で、ウブな光里は心も身体も染め上げられて…。

ISBN 978-4-8137-1348-7／定価704円（本体640円＋税10%）

ベリーズ文庫 2022年11月発売

『双子ママですが、別れたはずの御曹司に深愛で娶られました』 宇佐木《うさぎ》・著

OLの春奈は、カフェで出会った御曹司・雄吾に猛アプローチされ付き合い始める。妊娠に気づいた矢先、ある理由から別れて身を隠すことに。密かに双子を育てていたら、二年後に彼と再会してしまい…。「もう離さない」――空白を埋めるように激愛を放つ雄吾に、春奈は抗えなくなって…!?

ISBN 978-4-8137-1349-4／定価715円（本体650円＋税10%）

『婚約者に売られたドン底聖女ですが敵国王子のお飾り側妃はじめました』 一ノ瀬千景《いちのせちかげ》・著

婚約者に裏切られ特殊能力を失った聖女オディーリア。敵国に売られてしまうも、美貌の王子・レナートに拾われ、彼の女避け用のお飾り妻になってしまい…!?　愛なき結婚のはずが、レナートは彼女を大切に扱い、なぜか国民には「女神」と崇められて大人気！　敵国で溺愛される第二の人生がスタートして!?

ISBN 978-4-8137-1350-0／定価715円（本体650円＋税10%）

『人生7周目の落ちこぼれ聖女、今世は王太子様を寝かしつけるだけの簡単なお仕事です!?』 和泉《いずみ》あや・著

聖女イヴは何者かに殺されることを繰り返し、ついに7度目の人生に突入。ひょんなことから、不眠症を抱える王太子・オルフェと出会い、イヴの癒しの力を買われ「王太子殿下の添い寝係」を拝命することに！　お仕事として頑張りたいのに、彼がベッドの上で甘く囁いてくるので全く集中できなくて…。

ISBN 978-4-8137-1351-7／定価726円（本体660円＋税10%）

ベリーズ文庫 2022年12月発売予定

Now Printing

『海運王【極上四天王シリーズ】』 若菜《わかな》モモ・著

経営難に陥った父の会社を救うため、海運会社の御曹司・巧と政略結婚することになった和泉。絶対に逃げられないクルーズ船でのお見合いから始まった夫婦生活は、予想外に愛で溢れていて⁉　跡継ぎを産む条件で娶られただけのはずが、巧が夜ごと注ぐ極上愛は蕩けるほど甘く、和泉はとろとろに溶かされ…。

ISBN 978-4-8137-1360-9／予価660円（本体600円＋税10%）

Now Printing

『元許嫁の外交官と秘密の一途愛』 葉月《はづき》りゅう・著

老舗旅館で働く花詠は、休暇中に一人でフランス旅行へ出かける。楽しく過ごすも日本に帰れなくなるトラブルが発生。それを助けてくれたのが現地で外交官をしている悦斗だった。実は過去に彼と許嫁だったことがあり、気まずさがあるが一晩彼の家に泊ることに。すると、急に色気溢れる視線を注がれ…⁉

ISBN 978-4-8137-1361-6／予価660円（本体600円＋税10%）

Now Printing

『タイトル未定(御曹司×契約結婚)』 pinori《ぴのり》・著

老舗旅館の娘である柚希は、実家の経営立て直しのため政略結婚させられそうになり困っていた。そんな時、学生時代の知人である大企業の御曹司・悠介に再会し契約結婚を提案されて…⁉　「他の誰にも渡さない」――期間限定の関係のはずが濃密な愛を注がれ、ウブな柚希は身も心もとろとろに溶かされて…。

ISBN 978-4-8137-1362-3／予価660円（本体600円＋税10%）

Now Printing

『政略結婚』 立花実咲《たちばなみさき》・著

父が病に倒れ、家業が倒産寸前だと知った社長令嬢の光莉。会社の再生と引き換えに結婚を迫ってきた大企業の御曹司は、初恋の相手である律樹だった！ 結婚後の彼は予想外に優しく、幸せを感じる光莉。やがて妊娠が発覚するも、義父のある陰謀を知り、子どもを守るため光莉は彼との別れを決意して…⁉

ISBN 978-4-8137-1363-0／予価660円（本体600円＋税10%）

Now Printing

『怜悧な外科医は最愛妻に溢れる激情を注ぎたい』 藍里《あいさと》まめ・著

家業の仕出し弁当店で働く真琴は、交際中の彼に婚約破棄を言い渡される。呆然とするなか、偶然居合わせた弁当店の常連客で天才外科医の生嶋に突如プロポーズされて…⁉　縁談から逃れたい彼と愛のない結婚生活をスタートさせるも、真琴を優しく甘やかし、ときに情熱的に求めてくる生嶋に陥落寸前で…。

ISBN 978-4-8137-1364-7／予価660円（本体600円＋税10%）

タイトル、価格等は変更になることがございますのでご了承ください。